太陽を背にうけて

樋口明雄

角川文庫
24494

目次

第一話　山小屋　5
第二話　天使の梯子《はしご》　74
第三話　名残り花　115
第四話　ストレイドッグ　142
第五話　白虹《はっこう》　197
第六話　太陽を背にうけて　257
終　章　277
解　説　宇田川拓也　284

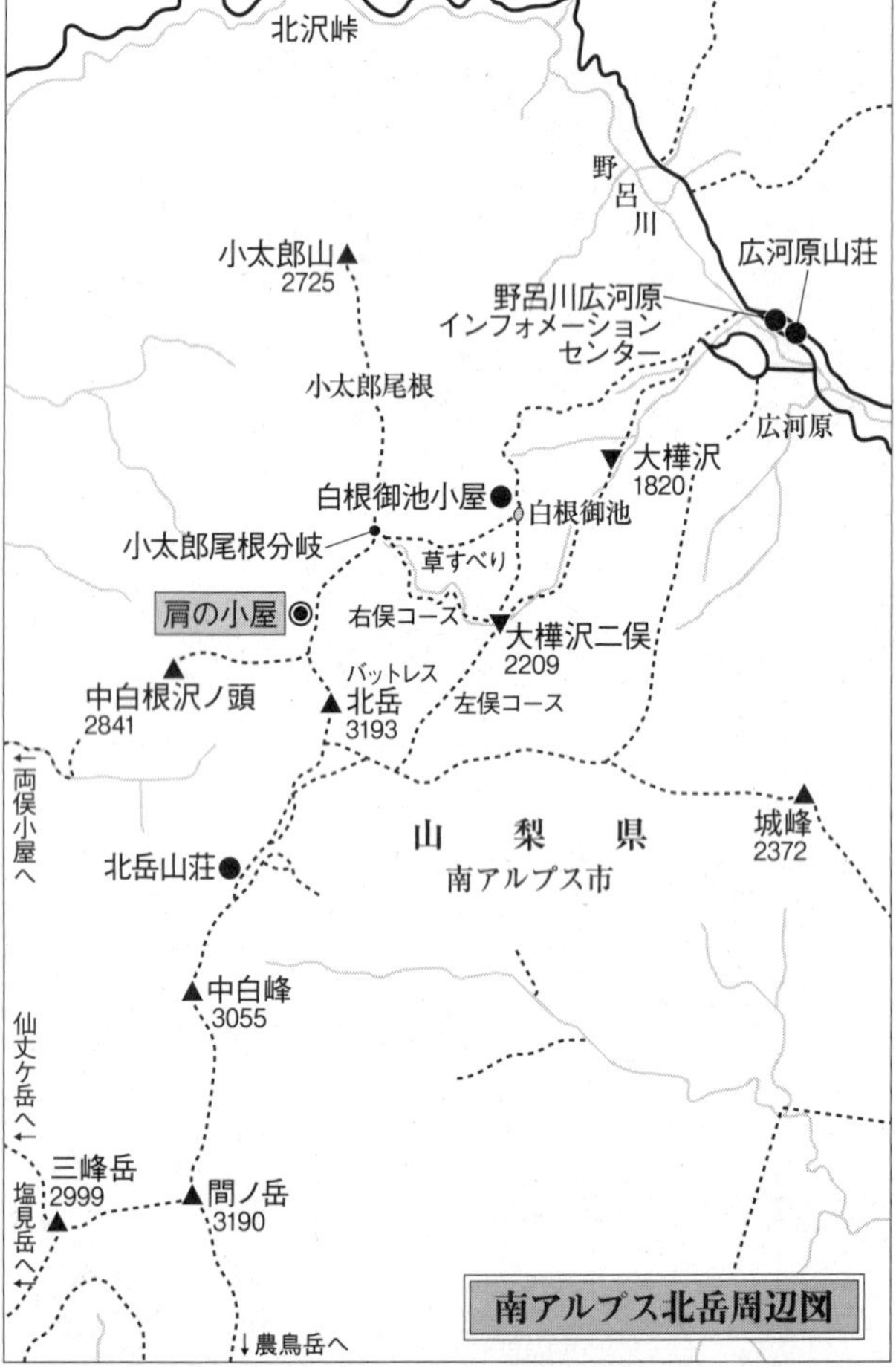

北沢峠
野呂川
小太郎山
2725
広河原山荘
野呂川広河原
インフォメーション
センター
小太郎尾根
広河原
大樺沢
1820
白根御池小屋
白根御池
小太郎尾根分岐
草すべり
肩の小屋
右俣コース
大樺沢二俣
2209
バットレス
中白根沢ノ頭
2841
北岳
3193
左俣コース
←両俣小屋へ
城峰
2372
山梨県
北岳山荘
南アルプス市
中白峰
3055
仙丈ケ岳へ←
三峰岳
2999
間ノ岳
3190
塩見岳へ←
南アルプス北岳周辺図
↓農鳥岳へ

第一話　山小屋

——大丈夫ですかぁ？

近くから声をかけられた。

思わず顔を上げると、短い山スカートにタイツ、カラフルな上着を着た若い娘が、やけに大きなザックを背負って目の前に立っていた。茶髪をポニーテールにまとめた瓜実《うりざね》顔《がお》がこちらを見ている。

里村乙彦《さとむらおとひこ》は顔を上げ、目をしばたたいた。

「私……ですか」

娘がコックリと頷《うなず》いた。「ずいぶんおつらそうでしたので」

「少しバテただけですので。もう行きます」

無理に作り笑いを浮かべた里村は、傍らに置いていたザックを手に立ち上がろうとし、ふいの眩暈《めまい》に襲われた。そのまま、丸木と角材を組んで作られたベンチにドスンと腰を落とした。弾みで、木製ベンチに立てかけていた対の登山用ストックがバタバタと足下に倒れてしまう。娘が気の毒そうな顔で見つめていた。

ストックを拾って立てかけ直し、力なくいった。

「すみません。白根御池小屋《しらねおいけごや》はもうすぐですか？」

「ここって第一ベンチですから、まだまだ距離がありますよ」

「まだまだ、ですか」

つぶやく里村の前で、彼女は少し険しい顔になった。「そのご様子だと、麓《ふもと》に引き返されたほうがいいかも？」

「心配ないです。ちょっと休めば平気です」

ザックのサイドポケットから水筒を引っ張り出す。

「ご無理されないでくださいね」

娘はそういい残し、歩き出した。軽快な足取りでたちまち樹林帯の中に消えていったのを、里村は茫然《ぼうぜん》とした様子で見送っていた。

水筒からマグカップに水を注いで飲んだ。喉《のど》の渇きを潤してから、里村は吐息を投げた。

本当に引き返したほうがいいかもしれない。ふと、そんな思いが心をかすめた。

しかしそんな逡巡《しゅんじゅん》は一瞬で、すぐに思い直した。人生の崖《がけ》っぷちに立たされている今、引き返すという選択肢はないのだ。

＊

ふぅふぅと息を荒らげながら、なんとか山小屋にたどり着いた。

森を抜けると、そこに二階建ての立派な建築物があった。その前に大勢の登山者たちがいてベンチやテーブルで休憩をとっていた。近くの木立の中には色とりどりのテントも見える。

里村はダブルストックにもたれるように立っていた。なかなか呼吸が落ち着かない。建物の正面入口横には〈白根御池小屋〉と書かれた大きな表札があった。外テーブルはいずれも登山者たちが使っていて、座る場所がない。

しびれて力が入らない手でいくつかのストラップを外し、ザックを無造作に地面に落とした。瞬間、それまで背中にかかっていた重みが消失し、一瞬、体が浮き上がりそうに思えた。焦ったとたんに倒れそうになり、近くにあった岩に手を突く。そのまま、へたり込むようにその硬い岩の上に腰を下ろした。

しばし俯《うつむ》き、自分の膝《ひざ》の間に頭を突っ込むようにして呆《ほう》けていた。

頭髪から滝のようにあふれる汗がこめかみや頬を流れ落ちるので、首にかけていたタオルで拭《ぬぐ》った。地面の上に転がっているザックから水筒を抜き出し、直《じか》に口を付けて水を飲んだ。

ようやく人心地がついて口元を袖《そで》で拭った。ザックのサイドポケットから山岳地図を引っ張り出し、膝の上で広げた。

登山起点の広河原《ひろがわら》から、何とかこの白根御池小屋までやってきた。地図上に赤い数字で書かれたコースタイムはおよそ三時間とあった。腕時計を見て愕然《がくぜん》となる。ここまで来るのに四時間三十分以上かかっている。

溜息《ためいき》をついた自分に、ふと影が差した。

驚いて顔を上げると、ポニーテールの髪型に、ほっそりとした体型の若い女性が立ってこちらを見ている。さっき第一ベンチで声をかけてきた娘だった。あのときは山スカートにタイツ姿だったのに、なぜか今はズボンにカラフルなシャツ。青いエプロンを前にかけている。

「お疲れ様。がんばりましたね」

ニッコリと微笑んで、声をかけてきた。「今日はこちらにお泊まりですよね」

里村はポカンと口を開け、彼女を見つめた。

「いいえ」

娘が驚く。

「まさか、これから上に行かれるんですか？」

里村は小さく頷いた。「そのつもりです」

「ここから先は、稜線《りょうせん》まで高さ五百メートルぐらい直登《ちょくとう》する草すべりのルートですよ。

「肩の小屋まで何とか行くつもりです」

「宿泊のご予約がご心配だったら、キャンセルもできますし」

「それでも行かなければならないんです」

里村は息をついてから、こういった。

「そのご様子じゃ、やはりご無理かも……」

「ご心配なく」

　そういって里村はよろりと立ち上がった。体にまだだるさが残っていたが、いつまでもここに長居はできなかった。

「あの……よろしければお名前をうかがわせてください」

　里村は奇異な顔で見た。「名前ですか？　でも、なぜ」

「もしものことがあったら、です」

　彼女が指差すほうを見ると、山小屋の向こうに小さなログコテージのような建物が見えた。コンクリの石段のある入口脇に〈南アルプス警察署山岳救助隊夏山警備派出所〉と縦に大きく書かれた表札がある。

　娘は向き直り、少し頰を赤く染めていった。

「よけいなお節介いってすみません。私、天野《あまの》遥香《はるか》っていいます。この白根御池小屋でスタッフをやってます」

　あらためて彼女をまじまじと見てしまった。それで山着を着替えていた理由がわかった。エプロン姿が似合っていた。

「里村乙彦です。東京から来ました」

そう名乗ると、遥香と名乗った娘がポニーテールを揺らし、ペコリと頭を下げた。

「ありがとうございます。未然に事故を防ぐのも山小屋の仕事のうちだと思ってます。」

ですから……」

里村は少し迷った末、こういった。

「実は私、あそこで……肩の小屋で働くことになっているんです」

「え」

遥香は言葉を失ったようだ。目を見開いて彼を見ている。

「バイト募集に応募したら、小屋まで来てくれといわれました」

「そうだったんですか」

途惑ったような表情でつぶやく。

いいたいことはいやというほどわかる。いつの間にか自分は六十五歳になっていた。前期高齢者の仲間入りである。しかも小太りの、いかにも運動不足といわんばかりの体型。こんな初老の男が山小屋でなんか働けるはずがないと、この娘は内心で思っている。標高三千メートルにある肩の小屋に到達するだけでも大変なのに、ましてやそこで仕事をする。客の接待だけではなく、肉体労働だっていやというほどあるという。

それでも自分は決めたのだ。そこで山小屋で働くと。

「そろそろ行きます」

おぼつかない膝に鞭《むち》を打ち、里村は無理に立ち上がった。

「ちょっと待ってください」

遥香があわてたように山小屋にとって返した。窓の前に山の水を引いた冷水桶《おけ》がある。そこにたくさん突っ込んであるペットボトルのひとつを取り、エプロンで拭《ふ》きながらまた走ってきた。

「これ、冷たいうちに飲んでください」

「ありがとう。いくらですか？」

ザックから財布を取り出そうとしたのを、遥香が手で止めた。

「私の奢《おご》りです」

そういって、ニッコリ笑った。

遥香に見送られた里村はまたザックを背負い、両手でダブルストックを突きながら歩き出した。

山小屋の名の由来となった御池という小さな野池を過ぎるとすぐに急登《きゅうとう》にさしかかった。そこを登り始めてすぐにわかったが、それまでの樹林帯の登りよりもさらに過酷なルートだった。しかも草叢《くさむら》をジグザグに折れながら登っていく登山道は、立木がないために頭上にかかった七月の太陽が容赦なく照りつける。

遥香という娘の心配そうな顔が心によみがえるが、里村は振り払った。

たびたび足を止めては休み、ストックにもたれながらゼイゼイと息をついた。

頭皮全体から絞り出されるようにしたたってくる汗が、顔を流れ、容赦なく眼にも入って滲《し》みる。タオルでゴシゴシと顔を拭き、ザックのサイドポケットに手を伸ばし、遥香にもらったペットボトルのミネラルウォーターをゴクゴクと飲んだ。

しばらく前から、振り返るたびにさっきの御池が見下ろせた。それがいくら登っても遠ざからない。足運びが遅すぎるからだと痛感したとき、後ろから靴音が近づいてきた。見れば、自分とそう変わらない年配の女性がふたり、下から登ってくる。

「こんにちは。お先に」

ひとりが明るい声で挨拶《あいさつ》すると、道を空けた里村とすれ違うように通り過ぎていく。ペットボトル片手に、トントン拍子に草叢の道を登っていくふたりの姿を見上げてしまう。そういえば御池小屋に到達する前、あの樹林帯の急登でも、いったい何人の登山者に後ろから追い抜かれたことだろうか。そのことを思い出すと自分が情けなくなった。

ふたたび歩き出し、またつらくて足を止める。腕時計を見るたび、時間ばかりが進んでいく。どうしてこんな仕事を志願したのだろうかと今さらながら考えた。自分を試すためだというのは建て前だった。とにかく都会から離れた、どこか静かな場所に行きたかった。

すなわち現実から逃げたかったのだ。

そう思った瞬間、ふっとこみ上げてくるものがあって、涙があふれそうになった。

振り向くと、御池はまだ眼下にくっきりと見下ろせた。

それをしばらく見下ろし、やがて向き直ってまた歩き出した。

＊

たくさんの拍手の音に包まれていた。

同僚や後輩らに囲まれ、里村乙彦は至福の時を味わっていた。

人生でこれほど幸せを感じたことはないと思った。およそ四十年、この会社に勤め、命を削るようにあくせくと働き続け、おかげでそれなりに昇進もしたが、何よりもこの仕事でベテランと呼ばれるにふさわしい幹部になれたことへの誇りがあった。

都内にあるファミリーレストランの会社〈レストラン・スピッツ・ホールディングス〉の人材本部マネージング部門の人材管理課で長く働いてきた。当初はエリアマネージャーとして各支店を飛び回っては監督指導をし、やがて本部に戻されると課長に昇進し、リサーチやマネージメントなどの管理職にいそしんできた。あわただしい四十年間だったが、気がつけば還暦を過ぎ、そして六十五歳の定年退職となった。

まさにその日であった。

「里村課長。長きにわたるお勤めでしたが、本当にお疲れ様でした。明るく、優しく、頼りがいのある課長の下で働いてこられて光栄に思ってます。いろいろとご指導ご鞭撻《べんたつ》いただけたことを忘れず、課員一同、仕事に励んでいくつもりです。これからは奥様とごいっしょに幸せなご家庭を築いてください」

制服姿の若い女子社員に大きな花束を渡され、里村は顔を赤らめ、照れ笑いをしながら受け取った。そんな里村に向けられた万雷《ばんらい》の拍手だった。

まるで自分がスター歌手か人気俳優になれたような、そんな高揚感があった。

職場であったフロアを去るとき、後ろ髪を引かれるという言葉を思い出した。何度も通り抜けてきた出入口から外の通路に出たとき、ふと肩越しに振り返った。

最前、彼を囲んで惜しみない声と拍手を送ってくれた社員たちは、まるで何ごともなかったかのように、それぞれのデスクについて事務仕事を再開していた。当然のように、全員の顔から笑みが消えていた。

見てはいけないものを見てしまったような気がして、里村は急に寂しくなった。

エレベーターのボタンを押し、ひとり待っている間、高揚感が潮のように引いていき、代わりにネガティブな感情がこみ上げてきた。それをあわてて否定した。自分だって、かつての上司が退職したとき、同じようなものだった。祝福の拍手を送りながらも、職場から追い出せたことでせいせいしていたではないか。

世の中、そういうものだ。人には必ず本音と建て前があるし、部下たちにもそういってきた。

里村の口元に悲しい笑みが浮かんだ。

その笑みをけだるく引きずったまま、やがて上がってきたエレベーターにひとり乗り込んだ。片手に抱いた花束が、やけに重たく感じられた。

会社を出たのは夕方の五時だったが、そのままどこへも立ち寄らず、まっすぐ我が家に向かった。電車に乗って数十分、中央線《ちゅうおう》武蔵小金井《むさしこがねい》駅で降り、駅から徒歩十五分の住宅地に自宅があった。

歩きながらあれこれと考えをめぐらせた。

長年勤め上げた会社を退職し、これからは人生に余裕もできるだろう。退職金は二千万円近くある。さすがに悠々自適とはいえないまでも、それなりに老後の足しになるだろうし、海外旅行やちょっとした贅沢《ぜいたく》もできそうだ。

我が家の前で立ち止まった。

舗装路に面した鉄の門扉を開き、踏み石をたどって玄関に向かう。玄関ドアを開けようとするとノブが回らない。家内がロックをかけているらしい。珍しいことだと思いつつ、仕方なくチャイムのボタンを押して、しばし待った。

小さな足音が近づいてきて、ドアの施錠が外され、開けられた。

無表情な妻の紀代実《きよみ》が立っていた。

「今、戻ったよ」

駅から歩きながら、妻に何と声をかけようかと思っていたが、感情のないその顔を見たとたん、いつもの言葉が当たり前のように口から出ただけだった。

紀代実は里村が手にしていた豪華な花束に目もくれず、無言で踵《きびす》を返し、廊下を奥へと歩いていく。一瞬、わけがわからず、途惑いに包まれながら立ちんぼになっていた。

どうしたことかと、歩き去る妻の姿を見つめた。

これまでも、夫が会社から帰宅したからと笑顔で出迎えるようなことはなかったし、そんなことを期待したのではない。ただ今日は定年退職をした日である。むろん彼女はそれを知っている。だから、どこにも立ち寄らずまっすぐ家に帰り、ようやく長年の仕事から解き放たれたということを、妻に伝え、歓びを分かち合いたかった。

それなのに――。

「何なんだ、まったく……」

不機嫌につぶやきながら三和土《たたき》でもどかしく靴を脱ぎ、上がり込んだ。

廊下の向こうからテレビの音が聞こえていた。それを目指すように足早に歩き、扉を開けて居間に入った。

「紀代実！」

思わず声を荒らげたものの、妻はソファに座って足を組み、傍らに置いた皿に入れていたポテトチップスをつまんで口に入れている。しかも夫の顔を見ようともしない。

壁際のラックに置かれたテレビは、夕刻のニュース番組を放送していた。

「いったいどうしたんだ」

紀代実はようやく肩越しに振り向いた。冷たい目が刺すように里村を捉《とら》えた。

「どういうわけでそんなに不機嫌なのかはわからないが、今夜はふたりで外食をして、ワインでも……」

いいかけて言葉を失った。

妻の前にあるテーブルに置かれた書類が目に留まったのだ。紀代実はおもむろにそれを取って、椅子に座ったまま、里村に放った。足下に落ちたそれには、〈離婚届〉と書かれてあった。

「私のところは書いておいたから、あとはあなたの名前と印鑑だけ」

里村はあっけにとられ、床の書類から目を上げ、妻の顔を凝視した。

「定年退職おめでとう。でもね。私も今日からは独《ひと》りで自由にさせていただきます」

紀代実はそういって向き直り、またテレビの画面に目を戻した。傍らの皿からポテトチップスをつまんだ。

「なぜだ。勤めを終えて、これからはいくらでも時間ができるんだ。君とずっといっしょに悠々自適に生きていける。どこか海外旅行に行こうとも思ってた」

「勝手に行けば?」

妻の乾いた声を聞いて、憤怒《ふんぬ》が烈火のように突き上げてきた。

「いったい誰がお前たち家族を養ってきたと思ってるんだ。お前にも美紀《みき》にも、これまで金に困らせたことは一度もないだろう?」

声がうわずっていた。

「ええ。その通りよ。だけど、それだけだったよね」

妻の後ろ姿を、彼はにらみつけた。唇が小さく震えていた。

「他に何が必要だったんだ？」

すると紀代実はまた夫に顔を向けた。その目に小さく涙が浮かんでいた。

「あなたにはわかんないと思うけど、幸せはお金では買えないものなのよ」

唐突にいわれ、里村は声を失った。

「これまでずっと家族をほったらかしにしておいて、今さら何をいってんの。子育てに目も向けず、家でもろくな会話もなかったのに、それが今になってひょっこり家庭に帰って円満に余生を過ごそうだなんて、いくら何でも虫が良すぎやしない？」

言葉が錐《きり》のように鋭く胸に刺し込まれた。里村の顔から憤りの色が消え、変わって心の裏側から怯《おび》えの表情が浮かび上がってきた。

「わ、私はそんなつもりでは……」

そこから先の言葉が出ない。眉間《みけん》に深く皺《しわ》を刻み、自分の足下に落ちている離婚届用紙をじっと見下ろした。右手にまだ会社でもらってきた花束を持っていることに、ようやく気づいた。

それが音を立てて足下に落ち、用紙の傍に横たわった。

急登はいつまで経っても終わらなかった。

体を酷使しているためか、午後になっても腹が減らなかった。コンビニで買ってきたおにぎりがザックの中に入っていたが、その存在すらすっかり忘れていた。たびたび上から下りてくる登山者とすれ違い、後ろから追いついてくる登山者に追い越された。多くが「こんにちは」と挨拶《あいさつ》をしてくるが返事をする気力もない。

足場の悪い急傾斜のルートをあえぎあえぎたどりながら、里村は自分の人生のようだと思った。しかし登山路には山頂あるいは山小屋というゴールがあるが、人生におけるゴールといえば死しかない。在職中はたしかに定年退職がひとつのゴールだと思っていたが、まったく予期していなかった妻の言葉で、奈落《ならく》の底に突き落とされ、真っ白な無の世界に放り出されていた。

──私も今日からは独りで自由にさせていただきます。

妻の言葉がまた脳裡《のうり》にリフレインした。無意識に眉根《まゆね》を寄せ、唇を嚙《か》んだ。

ダブルストックにもたれるように俯《うつむ》き、しばしじっとしていた。

うかつだった。というか、長い間、妻が私に対してそんな気持ちでいたことをまったく知らなかった。もちろん彼女がわざと平静を装っていたこともあるだろう。だが、紀代実をそこまで追いつめていたことに気づかなかった。その悔恨があった。

胸の鼓動が少し落ち着いてきたので、また歩き出した。

ふと気づいて下を見ると、御池はずっと小さくなっていて、あれからずいぶんと登ってきたのだと気づいた。頑張ればここまで来られるじゃないか。そう自分にいい聞かせ、重たい足取りを運び始めた。

紀代実は里村がまったく知らないうちに離婚の準備をしていたようだ。ひとり娘の美紀が成人し、子離れしてから、近所のコンビニで働き始めた。その間、こっそりと株を買ったり、外国証券の取引をしたりして、こつこつと金を貯めていたらしい。離婚の財産分与と貯金で都内にマンションの部屋を買うため、すでに手付金を払っていたようだ。

里村はそんなことをまったく知らず、というか気づきもせず、日々の多忙に取り込まれていた。たまに酒の誘いを断って早く帰宅しても、黙々と夕飯を食べて寝るだけだった。休日は昼近くまで眠ったし、常に家に仕事を持ち込んで、当然のように家族との対話はほとんどなかった。何十年も妻との旅行もなく、外食すらしていなかった。

そんな中、紀代実の鬱屈《うっくつ》はどんどんと蓄積していったのだろう。彼女はそうしたことをいっさい口にせず、無表情に家事をこなし、ひたすら夫に仕えていた。

離婚届を突きつけるその日を、ずっと夢見ながら――。

いつしか周囲は草叢《くさむら》から鬱蒼《うっそう》とした森になっていた。その樹林帯を右に左に折れつつ急登が続く。ようやくそこを抜けると森林限界を過ぎたようだ。シカよけのネットが広範囲にわたって張りめぐらされ、その向こうに高山植物らしい小さな花々が、黄色の点描を散らしていた。足を止めて、じっとその花々に見入った。

わけもなく目頭が熱くなった。

洟《はな》をすすってストックを握り直し、また歩き始めた。

右俣《みぎまた》コースとの分岐点を過ぎてから、だらだらと長く続く坂をたどって登ると、ふいに視界が開けてびっくりした。砂地に立って周囲を見た。立木も草叢もなく、そこには背の低いハイマツが斜面に広がり、風に吹かれていっせいに葉叢が揺れていた。

ふと振り返ると、真後ろになだらかに連なる稜線《りょうせん》があり、その先に富士山《ふじさん》がくっきりと三角形の山容を持ち上げていた。それがまるで指呼の距離に見えて驚いた。周囲にいる登山者たちも景色に見入ったり写真を撮ったりしている。

そこから少し登って〈小太郎《こたろう》山分岐点〉という道標が立っている場所に来ると、さらに景色が大きく開けた。ほぼ三百六十度、景色が見渡せて、目路《めじ》のかぎりに山また山が連なっている。

ところが——なぜか心は晴れなかった。こんな人里から隔絶された深い山に分け入っても、自分は下界の悩みを背負いながらここにやってきている。そんな実感があった。

他の登山者たちの嬉《うれ》しそうな顔。はしゃぎぶりの中で、里村は鬱々《うつうつ》としてその場に座って胡座《あぐら》をかき、遥香にもらったペットボトルの水を飲んだ。

そこからはなだらかな尾根筋の道が続いた。

ようやく急登が終わって安堵《あんど》していたが、ふと違和感を覚えて顔を上げると、里村の周囲を濃いガスが取り巻いていた。いつの間にか景色がまったく見えなくなり、白い紗《しゃ》幕《まく》が視界を覆っている。

腕時計を見ると、すでに午後三時を回っていた。

周囲を歩く登山者の姿もなく、彼は独り、重たい足を運び続けた。息が切れると足を止め、呼吸を整え、汗を拭《ぬぐ》い、また歩いた。

喉《のど》がやけに渇いていた。水を飲んでもそれが収まらない。

体が欲しているのは水ではない。そのことにふと気づいた。

＊

もとより酒好きだった。

大学時代から飲み始めて、若い頃からずいぶんと飲んだ。酒のない人生は考えられなかったし、思えば、宿酔《ふつかよい》を除いて休肝日というものをほぼ作ったことがなかった。

退社後はたいてい会社の同僚や部下らと飲んだ。管理職ゆえに周囲や下から頼られていた。そうした付き合いを名目に何軒も梯子《はしご》し、出発間際の終電に飛び乗ったり、あるいは電車がなくなってタクシー帰りになったことも数多くある。

何しろアルコールに強かったため、我を失うほどに酩酊《めいてい》しない。里村はいくら飲んでもふだんと変わらないと周囲にいわれた。それをいいことに酒の付き合いも良く、決まって長丁場となり、たいていはお開きまで残って飲んだ。

のみならず、休日も夕方になれば決まって家飲みをし、食事が終わっても寝るまでウイスキーや焼酎《しょうちゅう》を飲んでいた。おかげで寝付きは良かったが、たびたび尿意で夜中に目を覚まし、夢見も多く、熟睡できた日がなかった。

そんなわけで疲労が蓄積し、日中はいつも眠く、けだるい。

会社の定期健診では毎回、肝臓の数値が悪く、それも年ごとに悪化の一途だった。中性脂肪や悪玉コレステロールといわれるＬＤＬの数値も、毎度のように基準値を大幅に超えていた。

それでもきっと大丈夫と自分にいいきかせてきた。何しろこれだけ酒に強いのだから、アルコールによる健康の悪化も、他人よりはゆるやかなはずだと思い込んでいた。

娘が高校時代最後の春。第一志望だった大学にすんなりと受かった。その日は、奇《く》しくも妻の紀代実の誕生日だったため、里村は祝いに家族三人で豪勢な外食をしようという提案をした。ところが、これから入学金などいろいろ入り用になるから、節約のために家でお祝いのパーティをしたいと紀代実がいった。腕によりをかけて料理を作ると、朝から張り切っていた。

その日はとりわけ多忙な一日となった。出社早々、予想もしなかった取引先とのトラブルが勃発《ぼっぱつ》し、解決のために奔走した。あちこちに電話をかけ、営業部の若手スタッフらを連れて会社を飛び出してはタクシーを走らせ、先方の担当者たちと応対しては頭を下げ、帰社するたびに不機嫌な上司に報告を入れた。そうして終業間際になってようやく問題が解決、何とか取引再開の目途が立った。

夕方になった頃には心身ともにヘトヘトになっていた。

——里村さん。今夜はみんなでパーッとやりましょう。

部下たちに声をかけられ、断れなかった。何よりも疲れた体が鬱憤《うっぷん》晴らしの酒を求めていた。

もちろん、家族パーティのことは忘れていなかった。今日ばかりは何があっても早めに帰宅すると出社前に妻にいっておいたが、一時間かそこらの遅刻ならかまわないだろう——自分にそういいきかせて会社近くの居酒屋になだれ込み、気がつけば三軒も飲み屋を回って、ギリギリで終電に飛び乗ったのだった。

後ろめたさを抱きつつ、里村は玄関から入り、靴を脱いだ。キッチンに明かりが点《つ》いていたのでそっと覗《のぞ》いてみた。テーブルの中央にラップをかけた大皿があり、色とりどりの料理が透けて見えた。小さく切り分けたケーキもあった。ガラスコップが伏せて傍に置かれてあった。

妻も娘もいない。

時刻は午前零時をとうに過ぎているので当然である。

胸の奥に鉛のような重たい後悔とつらさが居座っていた。里村は狼狽《うろた》えたが、いつまでもそこに立っていても意味がないので、キッチンの明かりを消し、足音を殺すようにそっと階段を登り、自室に入った。そのまま、風呂《ふろ》もシャワーもなしにパジャマに着替え、泥のように眠った。

翌朝、着替えて洗顔し、キッチンに顔を出すと、流し台の前で洗い物をする紀代実の後ろ姿があった。

――ゆうべは悪かった。どうしても断れない誘いがあってね。

帰宅の途中で考えていた言葉を口にし、そっと妻の様子をうかがった。

――そう。

後ろ姿がそっけなく応《こた》えた。

鳩尾《みぞおち》の辺りがぐっと締め付けられた。何かいわねばと思って、こう口にした。

――美紀は？

――学校ですよ。

かすかに左右の眉《まゆ》を寄せ、里村が苦笑いした。

――そうだったな。

それきり夫婦の会話はなかった。

里村は朝食を食べて歯を磨き、洗面所で髭《ひげ》を剃《そ》ってから家を出て出社した。明らかに不機嫌だった紀代実とも、その晩には普通の会話にもどったし、里村の胸にあったやましさもいつしか消えていた。

それですむと思っていた。何しろ夫婦なのだから。

妻が出て行って以来、里村乙彦は何日も家の中にこもっていた。

朝、目を覚ますたびに、つらい夢を見たと思い、ふとすべてが現実であることに気づいて愕然《がくぜん》となる。ベッドの上で膝《ひざ》を抱え込んだ胎児のような恰好《かっこう》になり、心のプレッシャーにじっと耐える。

妻はいったい私に何をしたのか。

いや、私のほうこそ、あいつに何をしてやれたのか。

いくら考えても無意味だとわかっていた。紀代実からいわれたひと言ひと言が、矢のように心に刺さっていた。

当初、自分こそが被害者と思い、いいきかせ、神を呪うことすらしたが、けっきょくはブーメランのようにすべてが自分に返ってきた。今まで何も気づかなかったことが悪いのだ。いや、どこかで気づいていながら、あえて目を逸《そ》らしていたのかもしれない。

あいつはじっと黙ったまま、何十年もの間、ただひたすら耐えていた。

夫への不満や失望があっても何もいわず、ただただ隠忍を貫き、ひたすら心の重圧に耐えながら、紀代実はその日が来るのを待望していた。笑みをほとんど見せず、あえて表情を作らず、仮面のように冷ややかな顔で夫と暮らしていた妻の日々は、ひたすら自分の復讐《ふくしゅう》を成就させる瞬間のための、重苦しい時間の積み重ねだったのだ。すべてをぶちまける日が来ることを、じっと待ち望んでいた。

その事実はしたたかに自分を打ちのめした。

ようやく床に素足を下ろし、パジャマのままで階下に下りると、いつものように妻のいないひんやりとしたキッチンが待っている。蛇口から落ちる水で顔を洗い、トーストを焼き、インスタントコーヒーを飲みながら、レースのカーテン越しに差し込む空虚な光を意味もなく見つめた。

テレビを観たり、パソコンを開いてネットを閲覧したり、そうして漫然と一日を無為に過ごし、日が暮れると酒を飲んだ。冷蔵庫の缶ビール、缶酎《ちゅう》ハイ、コーナーラックに飾っていた高級ウイスキーも飲み尽くすと、近くのスーパーまで車で行き、インスタント食材や冷凍食品とともにビールやハードリカーを買い込んで戻ってきた。

何日も怠惰な生活を送っているうち、ふとあるとき、洗面所の鏡に映った無精髭《ぶしょうひげ》だらけの自分の顔に気づいた。

いつしか里村は明るいうちから飲むようになっていた。飲んで酔っているうちはネガティブな感情から逃げることができた。ところが酒が切れると、たちどころに不安が容赦なく波のように押し寄せてくる。

食卓や流し場にはビールや缶酎ハイの空き缶が転がり、キッチンフロアには空の一升瓶やウイスキーボトルなどが無秩序に散らばって倒れていた。そればかりかカップ麺《めん》の空容器や割り箸《ばし》などが、ゴミ箱からあふれて落ちている。

居場所がなかった。

いまさら会社に戻ることはできないし、妻のいなくなったこの家も、あまりに虚無に感じられ、重苦しく息詰まりに襲われる。酩酊して忘れることしかできなかったが、しかしいくら酒を飲んで酔っ払っても、つらさと後悔は相変わらず、醒《さ》めれば反動が大きなうねりとなって押し寄せてきた。

いったい、どこまで堕《お》ちていくのだろうか。

そんなことを思い、自暴自棄になっていたとき、久しぶりにスマートフォンの呼び出し音が鳴り始めた。

娘の美紀からだった。

＊

最後の急坂をたどり終えると、目の前に大きな建物があった。

予想もしなかったタイミングで忽然《こつぜん》と出現したので、里村は驚き、思わず足を止めた。

それは地味な色合いのトタン板に全身を覆われた無骨な姿で、左側の山肌から這《は》い上がってくる白いガスに音もなくなぶられているように見えた。思っていた以上に大きく、三階建てほどにも見える高さがあった。小屋の前には何に使うのか、たくさんの大きなドラム缶がパレットに載せて並べられ、太い縄で編んだモッコがかけられていた。その傍には木造りのベンチとテーブルがあって、色とりどりの服装の登山者たちがくつろいでいる。

〈南アルプス国立公園　北岳《きただけ》の肩　標高３０００ｍ〉と書かれた看板と並んで、標柱にぶら下げられた大きな吊《つ》り鐘《がね》を見ると、里村はようやく息をついて安堵《あんど》した。

ここが目的地だった。

棒のようになって動かない足に鞭打《むちう》ち、よろよろと千鳥足のように歩きながら山小屋へと近づいた。

正面入口の右脇に〈北岳　肩の小屋〉と書かれた木の看板がかかっていた。

ザックのストラップを外し、ストックといっしょに足下に落としたとき、ドアがふいに開いて、黄色いフリースに登山ズボンのスリムな体型の青年が出てきた。里村を見て笑顔で訊《き》いてきた。

「こんにちは。お泊まりですか？」

「い、いや……」

思わず言葉を濁すと、青年は腕時計を見、心配そうな顔をした。

「この時間だと、もう行動は無理ですよ」

里村はしばし目を泳がせてから、彼を見ていった。「バイトに応募した里村です」

「え」

青年はあっけにとられた顔で凝視していたが、ふいに思い出したらしい。

「里……村……さんって、まさか」

踵《きびす》を返すとドアの向こう、入口右側にあるカウンターの奥に急いで飛び込んだ。

「すみません。ちょっと中へ――」

外側にある窓を開いて手招きしてきた。里村が少し躊躇《ちゅうちょ》しながら山小屋に入ると、カウンターの向こうで青年は棚に突っ込んでいたバインダーを引っ張りだし、あわただしく書類をめくりながらいった。

「本当に里村乙彦さん、ですか」

「はい」

青年は書類から目を戻し、顔を上げた。明らかに途惑った表情である。

「たしか、三十五歳だとうかがいましたが」

今度は里村が驚く番だった。

「私、六十五歳です。電話ではっきりと申し上げたつもりですが」

「では、私の聞き違いだったかもしれません。電波の状況で、携帯電話がときどき途切れがちになるものですから」

だしぬけに食らった番狂わせだった。

里村は眉根《まゆね》を寄せて口をつぐんでいたが、思い切っていった。

「ところで……こちらで働きたいのですが？」

青年が困惑した顔になった。もう一度、書類に目を落とし、つらそうな顔で里村を見た。「何しろご高齢ですし、体力的なことを考えたら、うちではさすがにご無理かと」

「接客とか事務仕事とか、何でもいいんです」

「山小屋の仕事って専門職がないんです。何でもこなさなきゃいけない中で、いやでも肉体労働が関係してきます。かなりハードだからやめていく若い人もいます」

「そうですか」

肩を落として俯《うつむ》いた里村を、カウンターの向こうから青年が見つめていた。

「とにかく、今日はお泊まりになってください。これから下山は無理ですから」

気の毒そうな顔で里村を見ながらいった。「それに、ひどくお疲れのご様子ですし」

「わかりました」

力を落とし、里村が応《こた》えた。

＊

山小屋の夕食は午後五時からだった。

一階フロアにある食堂の各テーブルは、半分ぐらい宿泊者で埋まっていた。里村はいちばん隅にあるテーブルにつかされ、ひとり箸《はし》を動かしていた。

ダウンベストを着た若い男性スタッフが挨拶《あいさつ》をし、今回のメニューについてとか、ご飯と味噌汁《みそしる》はお代わりが自由だとか、そんな説明をし、明日《あした》の天気はおおむね晴れだと報告し、客たちのまばらな拍手の中で頭を下げて去って行った。

里村はのろのろと食べながら、小屋の出入口近くにある厨房《ちゅうぼう》の窓の向こうで、若いスタッフたちが動き回る様子をぼんやりと見ていた。数名いるスタッフのほとんどが二十代から三十代前半ぐらいだろう。当然、里村のようなロートルはいない。いずれも、いかにも慣れた様子でテキパキと動き回っている姿が印象的だった。

さっきの青年は、この山小屋の三代目管理人で小林和洋《こばやしかずひろ》と名乗った。

ひとりだけ例外的に、やや小柄な年配の男性がこの小屋にいた。里村よりひとまわり年上のように見えた。青いジャンパーに長靴姿で小屋の外を歩いていたり、和洋や他のスタッフたちと話し合ったりしている姿が目に留まっていた。

「ちょっと話があるんだが、いいかね」

食事が終わって宿泊の登山者たちがおのおの部屋に引き上げていくと、その年配の男性が里村のところにやってきた。缶ビールをふたつ持っていて、向かいの椅子に座るなり、ひとつを彼の前に置いた。よく冷えているらしく、缶の外側に水滴が付いている。

登山で疲れ切っていた体に、冷たいビールはあまりに蠱惑《こわく》的だった。しかしその想いを振り払った。

「すみませんが、お酒はやめたんです」

いいにくい言葉を押し出すように口にすると、彼は頷《うなず》き、厨房に向かっていった。

「おい。コーヒーをふたつ頼むよ」

厨房の中から若い女性スタッフが「はーい」と元気よく応える。

「私にかまわず、どうぞお飲みください」

男は頭に手をやって少し照れ笑いをした。

「いいんだ。昔は飲んだがね。最近は歳のせいであまり酒が進まなくてな」

それから真顔に戻った。「ところで北岳は初めてかい」

「はい」

「ずいぶん疲れてた様子だが登山歴はどれぐらい？」

「若い頃やってたんですが、三十年以上のブランクがあって」

「それで、よくここまで登ってこられたよ」

男が愉快そうに笑った。一見ぶっきらぼうなため口だが、嫌味な感じがしないのは、彼のキャラクターのおかげだろう。

「あの、失礼ですが？」

「小林雅之《まさゆき》だ。和洋は息子でな」

「つまり……先代の管理人さんですか」

彼は頷いた。「俺がいつまでもここをうろうろしてるもんだから、あいつにとっちゃ、ま、目の上のタンコブってところだろうがな」

短髪を派手に赤く染めた小柄な女性スタッフが、盆に載せた紙コップをふたつ運んできた。コーヒーが入っていた。ミルクとシュガーが添えてある。テーブルの缶ビールふたつを盆の上に置いて、彼女がスタスタと去って行く。

「慣れない登山をやったり、酒をやめたりして、何か事情があるみたいだな。そもそもなんでうちで働こうなんて思ったんだ」

小林雅之と名乗った男の視線に射貫《いぬ》かれた気がして、里村は思わず俯いた。言葉がなかなか出てこなかった。

*

――ねえ、お父さん。新しい仕事を見つけてみたら？

電話の向こうで娘の美紀がいった。里村は驚き、しばし考えた。新しい仕事……考えてもみなかった。

まとまった退職金はもらっているし、もともと蓄《たくわ》えもあった。離婚したとき、妻が納得するだけの財産分与はしたが、今のところ金銭的な不安はない。しかし娘は仕事を見つけることで金を稼げといっているのではない。新たな生き甲斐《がい》を見つけるべきだとアドバイスしてくれているのだ。

そう気づいたとたん、電話の子機を持つ手がかすかに震えた。

「仕事か……そうだな……探してみようかな」

声まで震えていることに気づいたとき、電話の向こうで小さな吐息が聞こえた。

——私、気にしてないからね。

娘の言葉の意味がわからず、里村は途惑った。

——だから、お母さんと別れたこと。

「そうか」

——実は、前々から相談されてたの。お父さんが定年退職したら、きっぱり別れたいって。ずいぶん迷ったけど、お母さんにはお母さんの人生があると思ったの。

その言葉にまた打ちのめされそうになったが、ぐっと耐えた。

「父さんもそう思う」

とはいえ、独りでのけ者にされていたような気がして、やはり気が重かった。しかしすべてはすでに終わったことなのだ。今さら振り返っても後悔しても致し方ないことだ。

「……母さんばかりか、お前にもいろいろと迷惑をかけたと思う。さぞかし父さんのことがいやだっただろうな」

電話の向こう、美紀が少し沈黙した。

——そんなことないよ。

少し洟《はな》をすする音が聞こえた。

——ね。お酒、まだずいぶん飲んでるんでしょ。そろそろ思い切ってやめたほうがよくない？　お父さんって、やっぱり依存症だから。

「そうかな。医者に止められたことはないが」

——だって毎晩、飲んでいたし、しょっちゅう宿酔《ふつかよい》になって、マスク付けて出社してたじゃないの。お酒がなくなると、よく手が震えてたよ。それって……つまり依存症ってことじゃないの？

そこまで見られていたのかとショックを受けた。

——これまでのお父さんのいろんな失敗って、ほとんどお酒が絡んでたと思わない？

いかにも娘らしい歯に衣《きぬ》着せぬ言葉だったが、痛いところを突かれた里村は唇を嚙《か》みしめた。

「やめられるかな」

——本人の努力次第だと思う。

「そうだな」

電話を切って、しばし呆《ほう》けていた。

壁に左肩を付けて体を傾げたまま、十五分ぐらい、じっとしていた。


再就職を本気で考えた。

ネットで自分に合いそうな職場を探してみたが、なかなかこれというものがない。経理や事務職、販売業から運送業まで。そもそもレストランチェーンの経営管理をやっていた人間なんて、何か手に職が付いているわけではないし、技術的にとくに秀でていることもない。いわゆる管理職というのは、いったん現役を離れると他ではつぶしが利かないのだと、あらためて気づかされた。

数件ほど電話で当たってみたが、やはり六十五歳という年齢が引っかかった。景気が良ければともかく、こう不況が長引くと、こんな年齢の人間を雇用するような余裕のある職場がそうそうあるはずもない。

仕方なく、高齢者の就職を斡旋《あっせん》するシルバー人材センターへの登録を考えた。

ネットで調べると、仕事の例として、たとえばマンションの管理だとか食品店での販売や介護職だとか、そういう仕事ならありそうだった。が、いくつかの職業は要普通免許という条件があり、あいにく自分は車の免許を持っていなかったし、今さら教習所に通う気にもなれなかった。

ともあれ、シルバー人材センター事務局に会員登録するための説明会が週末にあるというので、電話で申し込んだ。当日になって里村は久々にスーツを着て、ふた駅隣の町にあったセンター事務局の会議室に出向いた。そこで担当者の女性からひと通りの説明を受け、三十分ばかりの動画を見せられた。

周囲の席には自分と同じぐらいか、もっと年上の老人たちがいた。彼らを見ていると、なぜだかむなしくなった。みんな無表情で、無気力な感じがし、生きていること自体が何らかの重荷になっているような人々ばかりのように思えた。

他ならぬ自分自身がまさにそうだった。まるで鏡に映った無数の自分を見るような気持ちになって暗く落ち込んだ。

けっきょく説明会終了後、登録の申し込みをせずにセンター事務局を出た。肩を落としながら駅に向かって街路を歩いた。前から歩いてくる高校生らしい少年たちが、楽しげに歓談しながら里村とすれ違う。彼らの姿が次々と空虚な自分の体をすり抜けていくような気がした。

ふと、里村は足を止めた。

駅ビル方面から、横断歩道を渡ってくるふたり連れの姿が目に留まった。どちらも初老の女性だが、チェック柄のカラフルなシャツにラフな感じのするズボン、頑丈そうな登山靴を履き、大きなザックを背負っていた。どこかの山から帰ってきたのだろう。

里村は歩道の縁に立ち止まり、彼女たちが歩いてくる様子を見ていた。

若い頃のことを思い出した。あの頃は山に夢中だった。高校、大学と登山部に入り、卒業後、就職をしても、ひとり時間を見つけては山に向かっていた。北アルプスや谷川《たにがわ》岳《だけ》、八ヶ《やつが》岳《たけ》などの山谷を逍遙《しょうよう》したものだ。思えばあの頃は夢があった。前途の明るい人生を信じていた。

自分が歩いた山々を思い出し、急に懐かしさがこみ上げてきた。

山の涼しい風。冷たい空気。何よりも雄大な景色——。

ポツンと立ち尽くす里村の横を、女性登山者たちが楽しげに歓談しながら通り過ぎていった。

帰宅すると、里村はパソコンを起動させてネットを閲覧した。「山小屋」「アルバイト」で検索をすると、すぐに専門サイトが出てきた。

条件別という項目があり、五十代以上でも可という小屋を見ていると、ほとんどが車で乗り付けられるような麓《ふもと》にある山小屋で、規模を小さくしたホテルといった感じの場所ばかりだった。

仕方ないので山の名称で調べると、南アルプスの北岳にある山小屋がいくつか出てきた。

北岳といえばたしか日本で二番目に高い山だ。富士山には二度ばかり登ったが、北岳には足を向けたことがない。いつか行ってみようと思いつつ、それきり仕事が忙しくなって山に行くどころではなくなっていた。

いつか行ってみよう、か。

里村はふと笑いを浮かべた。だったら、今、行ったっていいじゃないか。

パソコンの画面に表示された電話番号をメモし、傍らの電話の子機を取っていた。

＊

「一度、働いてみるかね」

ふいに声がして、里村は我に返った。

「え？」

目を向けると、青いジャンパー姿の小林雅之の日焼けした顔があった。ニコリともせず、里村の目を覗《のぞ》き込むようにじっと見ていた。

「うちでちょっと働いてみるかっていったんだ」

「でも……こんな私でいいんですか」

雅之が目を細めた。笑ったのだと気づいた。

「せっかく三千メートルの小屋まで苦労して登ってきたんだ。しれっと突っ返すわけにもいかんだろ」

「しかし年齢のことが……」

「和洋は責任者としての決まり文句をいっただけだ。やってみてダメだったら、そんときにまたやめればいいだろう。あいつには俺からいっとくよ」

里村は俯《うつむ》いた。

「私、すっかり自信をなくしてました」

「山小屋の仕事のコツはな、何よりも周囲となじむことだ。狭い世界だからな。若いのに、それが出来ずにやめてく奴らもいる。あんた、どこぞの会社のマネージメントを長くやってきたっていったな？　だったら、人付き合いには長《た》けてるはずだ」

「そうかもしれませんが……」

突然、雅之が右手を伸ばし、乱暴に里村の肩を叩《たた》いた。

「何かいろいろとあったようだが、一度は決意を固めてここまで登ってきたんだろ？」

里村は口を閉じて、小さく頷《うなず》く。

そうだった。なぜか忘れかけていた。

「あんたを見てると、昔、この山で死んだ仲間を思い出すんだ。べつだん容姿が似てるわけでもないが、なぜなんだろうなあ」

黙っていると雅之が目尻《めじり》に皺《しわ》を寄せて、ふとあらぬほうを見た。

「毎日、浴びるほどに酒を飲んでたヤツだった。かなわぬ夢ばかり語ってくだを巻いて、太く短く生きるからいいんだっていいやがる。だがそんなヤツにかぎって、太い人生なんてこれっぽっちも送ってないんだよ。それで、あっけなくおっ死んじまった」

低い声でつぶやくようにいうが、何と返していいやらわからない。

里村に目を戻し、雅之がいった。「あんたはちゃんと生きてるじゃないか」

大げさに笑みを浮かべ、また乱暴に里村の肩を二度、叩いた。

椅子を引いて立つと、長靴を履き、体を揺するように歩きながら小屋の外へと出て行った。里村はその場に座ったまま、茫然《ぼうぜん》と彼の後ろ姿を見送るばかりだった。

山小屋の消灯は早い。午後八時過ぎに館内の明かりがいっせいに消えた。

明日《あした》の起床は午前四時だという。五時には客に朝食を出す。早番のスタッフは三時半には起きるらしい。というわけで、すぐに眠らなければならないのに、里村はまったく眠れなかった。

無理に眠ろうとすればするほど、目が冴《さ》えてしまう。

そうこうしているうちに、いつしか酒のことを考えていた。ひとたび考え始めると、意識を逸《そ》らそうとしても、どうしても心に浮かんでしまう。夕食後に差し出された、冷えた缶ビールのイメージが意識に刻みつけられていた。

食堂で生ビールを美味《おい》しそうに飲んでいた登山者たちのことを思い出した。

さらに雅之が口にした〝この山で死んだ酒好きの仲間〟の話。

断酒をスタートしてからひと月が経過していた。もちろんあれから一滴も飲んでいないが、アルコールの誘惑は執拗《しつよう》だった。ビール、日本酒、ウイスキー……酒のことを考えると体が震えた。ごまかすように寝返りを打ち、体を丸めて欲念に耐えた。

じわりと汗が浮かんできた。

＊

山小屋で働くと決めてから、里村は断酒を決意した。

少しずつ飲む量を減らそうとか、土日と祝日だけ飲むことにしようとか、最初はそんなふうに減酒を考えていたが、やはりダメなことはわかっていた。だんだんとルールを緩和していって、じきに元通りの飲酒量に戻るに決まっている。

だとしたら、きっぱりと酒断ちをするしかなかった。

若い頃から酒に強く、めったに酩酊《めいてい》したことはない。しかし、家族には幾度か迷惑をかけた。飲酒による人生の損失は心のどこかでいつも意識していた。

酒の飲み方は二種類あるという。里村の場合は美味しいから飲むのではなく、たんに酔いたいがために飲んでいた。いわゆるストレスのはけ口であった。

酔いとは脳神経の麻痺《まひ》であり、ドーパミンという快楽物質が出るため、習慣性がついてしまう。しかも人間にはアルコールへの耐性作用があり、飲酒を繰り返せばその量では酔わなくなっていく。そのため、体がさらなるアルコールを欲してどんどん飲酒量が増えてゆく。負のスパイラルである。

毎度、飲み過ぎるたびに、不快感と後悔をともなった朝の目覚めを繰り返していた。もとよりγ－GTP《ガンマジーテイーピー》の数値が悪く、常に三桁《けた》だったため、会社の総合健診では必ず健康指導が入った。その都度、やむなく休肝日を作った。ところがじきに毎日、飲む生活に戻っている。二日と我慢できず、長時間にわたって酒を切らすと指先が小刻みに震えていた。

会社帰りに飲み、帰宅してからも飲んだ。家のどこかにストックされた酒がなくなるのが怖くて、必ずその前に買い足しをしなければならなかった。

今にして思えば、それは典型的なアルコール依存症だった。昔はアルコール中毒といわれていた。

もちろん健康不安は常に意識にあった。癌、心疾患、脳血管疾患――三大疾病のいずれかにかかるんじゃないか。あるいは糖尿病や肝硬変。どうせ、平均寿命まで生きられないだろうと思ったこともある。

自分の人生、果たしてどれほど充実し、満足した日々だっただろうか。たしかに太く短く生きるなんて、酔っ払いが濁声《だみごえ》でいくら放言しても何の意味もないし、それは自分自身へのいいわけにすぎないことはわかっていた。

そうしてズルズルと日々、飲み続けていたのである。


六月初めのある朝、里村はコーナーラックに常備していたウイスキーやキッチンの収納棚にあった日本酒や焼酎《しょうちゅう》の一升瓶、果ては料理酒の類《たぐ》いに至るまで、すべてのアルコール類を捨てた。

最初の二日間はまだ良かった。これまでも何度も休肝日を一日か二日、作っていた。だからこのままなんとかなるだろうと思った。

ところが三日目の夕方から離脱症状が現れ始めた。

いつも夕食時から飲み始めるため、その時間になると酒が欲しくなる。飲んで当たり前という日常の習慣を、自ら否定しているのである。それはむしろ体にいいことであるはずなのに、おのれに鞭《む》打《ち》つような苦痛を感じた。

仕方なくコップに水を汲《く》んでは飲んだが、やはり物足りない。食欲もなく、ただひたすら酒が飲みたかった。強烈な欲求と衝動に襲われていた。ろくに食べもせず、寝床に就《つ》いたが、眠気は訪れない。時刻が午前になってうつらうつらし始めると、今度は寝汗を掻《か》いた。だらだらと体全体から汗が浮き出してはシーツに染み込んでいく。喉《のど》の渇きに耐えられず、たびたび起き出しては洗面所に立ち、コップで水を飲み続けた。

朝を迎えたときは、何とか生き延びたという奇妙な実感があった。

食欲はまったくなかった。冷蔵庫を開けても、食べたいと思えるものがない。だからその日は水以外、何も口にせず、ただ漫然とテレビを観たり、パソコンを立ち上げてぼんやりと動画を観たりしていた。

翌日からもやはり飲酒欲求は続き、里村は自宅にこもってひたすら耐えていた。夕方が近づくと当然のように体が酒を欲してくる。真綿でじわじわと喉首《のどくび》を締め付けられるような苦しさがあった。それがゆえカーテンを閉め切って閉じこもり、今はまだ昼間なのだと自分に無理にいい聞かせる。

夜が来ると苛《いら》立《だ》ちがさらにつのり、眠気はなかなか訪れなかった。だらだらと寝汗を掻いては起き出し、たどたどしい足取りで洗面所にゆく。水を飲んで鏡に映るおのが顔を見ているうち、ふとまた両手の指先が小刻みに震えているのに気づいた。

缶ビール一本だけ許そう。

何度か、そう思った。しかしひと口でも飲めば、元《もと》の木阿弥《もくあみ》になる。ひとたび飲んでしまったのだから、もう少し自分を許そうと思う。そうして当たり前のように再飲酒に走り、果てはダイエットのリバウンドのように、前以上に飲酒量が増えるだろう。飲みたいという誘惑への抵抗は、まさに精神的な拷問だった。それでも耐えねばならない。自分の弱さに負けたくはなかった。

苦しみは続いた。五日目にはだいぶ腹が減るようになり、ようやくふつうに食事を取れるようになった。食材がなくなればスーパーに買い出しにいったが、リカーコーナーからは目を背けた。近寄るのは恐ろしいような気がした。そこに行けば、無意識に缶ビールを摑《つか》んで買い物カゴに入れそうに思えた。

その代わり、今まで見向きもしなかった甘味が目に留まった。陳列棚に並んでいたショートケーキやシュークリームなどが蠱惑《こわく》的に思えて、ふたつみっつと買ってしまっていた。

家に帰ってコーヒーを淹《い》れ、テレビを見ながら甘味を食べていると、ふと気づいた。それまでアルコールから摂取していた糖分を、脳が別の形でほしがっているのだ。ケーキを包んでいたフィルムをクシャクシャにしてゴミ箱に捨てながら、自分はとことんこういう誘惑に弱いのだと実感し、溜息《ためいき》をついた。

北岳肩の小屋に電話を入れたのは、山小屋のアルバイトを当たり始めてひと月近く経ってからのことだった。その頃になると、手の震えはめったになくなっていたが、ふと気づくとやはり酒のことを考えてしまう。飲むというイメージをあわてて振り払って、里村は声なき誘惑に耐えた。

ネットで見つけた山小屋のバイト募集だった。

夏場の増援スタッフが必要なのだという。

電話に最初に出たのは若い女性だったが、アルバイトについての問い合わせだと告げると、すぐに別の男性に変わった。それが山小屋で最初に出迎えた管理人の小林和洋だった。

二、三、住所や職歴、山の経験などを訊《き》かれたあとで、本人がいっていたように携帯電話の電波の不調で声がはっきりと伝わらなかったのだろう。六十五歳だと正直に年齢を明かしたにもかかわらず、いきなり「山小屋まで来られますか？」といわれて驚いた。

そのときはてっきり、電話だけで正式に採用されたのだと思い込み、内心、喜んでいたのだった。

＊

ドアを叩《たた》かれる音に、ハッと目を覚ました。

視界が真っ暗だったため、一瞬、自分がどこにいるのか判然とせず、里村は混乱した。

すぐにここが肩の小屋の客室であることを思い出した。パッとシーツをめくって起きた。立ち上がって手探りで出入口を探し当ててドアを開くと、緑色のフリース姿の小林和洋が懐中電灯を手に立っていた。

「起床は四時といったはずです。時間が過ぎてますよ」

「す、すみません！」

「すぐに厨房《ちゅうぼう》に来てください」

和洋が踵《きびす》を返すや、里村はあわてて部屋に戻った。依然として真っ暗なので、何かに足を取られて転倒してしまう。したたかに膝《ひざ》を強打したが、痛みをこらえながら、手探りで枕元にあったヘッドランプを手にした。明かりを灯《とも》してから、あわただしく着替え始めた。


ヘッドランプの光を頼りに小屋の出入口近くに向かうと、ひんやりとした空気の中、厨房に明かりが灯っていた。屋外のどこかから、発電機らしいけだるげなエンジン音が聞こえている。厨房の中には数名の若い男女がいて、包丁で野菜を切ったり、大きな鍋《なべ》をコンロの火にかけたりしている。

入口で立ち尽くしている里村に気づいて、全員が振り返った。いちように困惑したような表情を並べている。何と声をかけていいかわからず、里村は緊張した。

「そこに立たれると邪魔になります」

後ろから声がし、振り向くと里村の体と戸口の間をすり抜けるようにして、和洋が狭い出入口から厨房の中に入った。

「みなさん。今日からうちで働くことになった里村乙彦さんです」

和洋が紹介したが、若者たちはキョトンとした顔で彼を見ているばかりだ。里村は疎外感を覚えた。いやでも自分の老齢を意識し、肩身が狭いという言葉を思い出す。

「早く入ってください」

手招きされ、仕方なく里村は厨房に入り、頭を下げた。

「里村です。よろしくお願いします」

若者たちの反応には明らかに途惑いの色が見えた。やはり還暦を過ぎた男がこんな場所にいることに奇異を感じるのだろう。そう思ったとたん、またもや里村の胸中に苦さをともなった居心地の悪さがわき上がった。

「里村さんはずっとファミレスを経営する会社にいらっしゃったそうですが、うちのお仕事をお願いしようと思います。じゃ、みんな仕事に戻ってください」

和洋のその声を合図に、若いスタッフたちがいっせいに向き直り、それぞれの作業を再開する。止まっていた時間が流れ出したように、あわただしく動き始めた。

「厨房を仕切ってる篠田《しのだ》正典《まさのり》くんです。何かあれば彼に訊いてください」

和洋に紹介された青年が振り返り、少し頭を下げた。がっしりした体軀《たいく》。口の周囲に真っ黒な髭《ひげ》を生やし、頭に白い手ぬぐいを海賊巻きに縛り、眉《まゆ》が太く、筆書きされたような切れ長の目をしていた。

「お世話になります」

里村がまた頭を下げると篠田がいった。「キャベツの繊切《せんぎ》りをしてもらえますか」

唐突な言葉に驚いたが、狼狽《うろた》えながら「はい」と返事をした。

流し台の脇にスペースがあり、大きな俎板《まないた》と包丁が置いてあった。傍らに半切りのキャベツが伏せてある。それを取ろうとしたとたん、怒鳴られた。

「まず、手を洗って！」

激しい語気に萎縮《いしゅく》しそうになった。

「すみません」

頭を下げ、水道の蛇口から水を出し、備え付けの石鹸《せっけん》でていねいに手を洗った。出てくる水が氷水のように冷たかったが我慢した。架けてあったタオルで手を拭《ふ》き、包丁を取って慎重にキャベツを切り始めた。

「それじゃ幅が広すぎます。もっと細く切れませんか」

腕組みをして背後に立っていた篠田にキツくいわれ、里村はまた頭を下げた。たしかに繊切りというには大雑把すぎた。幅を狭くしようとすると、キャベツから包丁が逃げてしまう。位置を定めて切ろうとしても、まっすぐに切り下ろせない。

自分の不器用さをいやというほど実感しているうち、後ろから露骨な溜息が聞こえた。おそるおそる振り向くと、篠田が腰に手を当てていた。不機嫌な表情だった。

「たしかファミレスの会社にいらっしゃったんですよね？」

「マネージメントのほうでしたので……」

気まずく、口を引き結んでまた包丁を使ったとたん、左手人差し指の第一関節付近にザックリと刃先を切り込んでしまった。一瞬、何が起こったのかわからなかった。たちまち血があふれるのを、まるで人ごとのように、里村は凝然と見ていた。

「大下《おおした》さん！」

篠田が大声で呼ぶと、緑のバンダナを頭に巻き、エプロン姿の若い女性スタッフがやってきた。ひと目で状況を察したらしい彼女は、里村の怪我をした左手を取って流し台に出させ、蛇口の水で傷口をていねいに洗った。

里村は声を失ったまま、自分の指からしたたる血が排水口に流れてゆくのを見ていた。

「いっしょに来てください」

娘は里村を厨房の隅に連れて行き、丸椅子に座らせた。ティッシュペーパーを二枚ほど出して、里村の人差し指を軽く包み込み、指で圧迫止血をした。

「このまま押さえていてもらえます？」

いわれるまま、右手の指でティッシュの上から押さえた。

これまでずっとファミレスの経営管理に携わってきた。現場である各店舗にはしょっちゅう足を運んでいたにもかかわらず、思えば料理なんかろくにしたことがなかった。何しろ朝夕は妻に任せきりだったし、昼はほとんど外食。自分にやれることは、せいぜい冷食をレンジにかけたり、カップ麺《めん》に湯を注いだりしたぐらいのものだ。そんな人間がいきなり包丁を使って怪我をしないはずがない。

少し考えればそれぐらいわかるはずなのに――。

娘は厨房の外に出て、やがて救急箱を手にして戻ってきた。怪我した指にからめたティッシュは血に染まっていたので、それを取って清潔そうなガーゼをあてがってくれた。

背を丸くして丸椅子に座る里村に寄り添うようにしゃがみ、娘は怪我した指をずっと押さえている。左手首にナイキのマークが入った水色のリストバンドを巻いていたが、それが里村の血で少し汚れているのに気づき、面目なく思ってしまう。

「すみません。忙しいときに、こんな……」

「気にしないでください。私も最初は同じでしたから」

娘はそばかすの散った顔を上げて笑みを見せた。

「大下真理《まり》です。ここでのバイトは五年目です」

「よろしく、お願いします」

頭を下げたが、気まずさに舌がもつれそうだった。

午前五時ちょうどに山小屋の宿泊客たちが一階フロアに集まってきた。定刻どおり、朝食が始まった。

仄《ほの》明るい照明の下、食堂スペースに並ぶテーブルは夕食の時と同じく半分程度が埋まっていた。夏場の混み合うシーズンだが、この日は平日であり、しかもたまたま客が少なかったらしい。だから里村も一階奥の客室にひとりで寝泊まりができたのだった。

食事をすませた客たちは部屋に引き上げ、やがてポツポツと出発する登山客が出てきた。彼らの出立は早い。夜明け前から出て行く者も少なくない。和洋や若いスタッフたちが出かけていく登山客に声をかけ、見送りをしている。

食堂のテーブルに残された食器類がすべて回収され、雑巾《ぞうきん》がけが終わり、スタッフたちは洗い物を始めた。そんな姿を見ながら、里村は厨房の奥の丸椅子に座り、ぽつねんとうなだれていた。篠田はあれきり彼に目を向けようともせず、他のスタッフたちは、ときおりちらちらと里村を見ながらも、それぞれの仕事にいそしんでいる。好奇心というよりも、明らかに迷惑そうな表情だった。

気にしないでと大下真理からいわれはしたが、無理な話だ。ここに来たことをすっかり後悔していた。やはり自分向きの仕事ではないのだと痛感し、どうやって立ち去ろうかと、それればかりを考え始めていた。

スタッフたちは洗い物や後片付けが終わって、次々と厨房を出て行く。それを里村はぼんやりと見つめていた。

「血、止まったみたいですね」

声がして顔を上げた。

真理がそばかす顔に笑みをこしらえて立っていた。近くに置いていた救急箱を持ってきて、里村の左人差し指に巻いていたガーゼを取ると、そこに包帯を巻いてくれた。

里村は恐縮して頭を下げ、礼をいった。

「朝食のあとで各部屋のお掃除をします。いっしょにやれますか？」

ポカンとして彼女の顔を見つめ、やるせない視線を横に投げた。「やはり、ここの仕事は私に向いていないような気がします」

「向くも向かないも、まだ何もしてないじゃないですか」

「でも――」

「私のやることを真似してみてください。大丈夫。きっとすぐに覚えますよ」

里村はうなだれて、目をしばたたいた。


宿泊客のほとんどが出発したあと、スタッフたちは厨房《ちゅうぼう》の近くにあるテーブルに集まって朝食を取った。彼らはそれを〝賄《まかな》い〟と呼んでいた。里村も隅のほうで小さくなりながら食べたが、ろくに味もわからないほど緊張していた。

賄いの片付けが終わると客室の掃除になる。

肩の小屋の客室はすべて大部屋で、多くが二段ベッドのような構造で梯子《はしご》が取り付けられ、各スペースが小さなパーティションで仕切られていた。一階には個室扱いにもなる部屋もふたつあるが、そちらもきっちりと仕切られていて、複数の客が寝泊まりできるようになっている。ゆうべ里村が寝たのはその部屋のひとつだった。

スタッフたちは各部屋に行って布団をたたんだり、掃除機をかけたりしている。

里村は真理とともに使用済みのシーツを分けて廊下に出す仕事を手伝った。彼女の動く姿を見様見真似でやってみた。包帯が巻かれた左手の人差し指をかばいながら作業をする。出血が止まって血はにじんでいないが、シーツを汚すわけにはいかない。

間もなく仕分けが終わり、汚れ物をすべて小屋の裏に運んだ。石積みと建物のトタン板の間に置かれた洗濯機で、小分けしたシーツを少しずつ洗う。ガタガタと派手な音を立てて洗濯機が震えながら回っている前で、里村は呆《ほう》けたように丸椅子に座っていた。

「どうぞ」

声がして顔を上げると、真理が小さな麦茶のペットボトルを差し出した。

「すみません。お金はあとで……」

「いいんです。奢《おご》りです」

真理は自分の麦茶のペットボトルのキャップを回し、壁に凭《もた》れて少し飲んだ。

既視感があると思ったら、昨日の登山中に立ち寄った白根御池小屋で、天野遥香という娘からも、同じ〝奢り〟でペットボトルを渡されたのだった。

「椅子。どうぞ」

里村が立ち上がると、彼女はかぶりを振った。「座っててください」

「すみません」

とたんに真理が小さく噴き出しそうになった。驚いて彼女を見る。

「ごめんなさい。つい、昔のことを思い出したから」

「昔の？」

「四年前、ここでバイトを始めたときの私にそっくり。〝すみません〟って頭を下げて謝ってばかりだった。そこまで謝んなくたっていいのに？」

「すみません」

またいってしまい、里村はハッと顔を赤くして、せわしなく頭を掻《か》いた。

「ファミレスの会社にずっといらしたんですってね」

「本部のトップのほうでしたが、マネージメントの仕事って、けっきょく専門分野で特化してるために、他でつぶしが利かないんですね。今さらながら痛感しました。それにやっぱり年齢が年齢ですし……さすがに後悔してます」

「どうしてこんなバイトを？」

「現実というか、自分を取り巻くものから、とにかく逃げたかったんだと思います。やっぱり甘かったようです」

「山小屋には山小屋の現実がありますから。でも、何ごとにも最初というものがあると思いますよ。だからきっとあなたも――」

「私、ここでやれるでしょうか」

「それはご自分で決められては？」

ふっと真理が笑い、わざとらしく里村の腕を軽く叩《たた》いた。

里村は恥ずかしくなって真理の顔から目を離し、自分の指に巻かれた包帯に視線を落とした。それから真理の左手首を見た。

水色のリストバンドに褐色の染みがついている。

「それ……すみませんでした」

指差して謝ると、真理はシャツの袖《そで》を伸ばし、わざとらしく隠した。

「いいんです。洗えば汚れは落ちるし、それに替えならたくさんあるから」

妙にそわそわしている彼女に違和感をおぼえたが、気のせいだろうと思った。

里村はごまかすように拳《こぶし》を口元に当てて小さく咳払《せきばら》いをし、いった。

「おかげで少し気が楽になりました。本当にありがとうございます」

「いいんです」

真理がかすかに笑みを返してきた。

彼女といっしょにいると、なぜか心が落ち着いた。安心感があった。どうしてかと思って、ふと気づいた。おそらく二十代前半とおぼしき大下真理が、娘の美紀の面影に重なるためだろう。

とたんに目頭が熱くなったが、里村は目をしばたたいて感情を押し戻した。

足音が聞こえた。振り返ると、洗面器と衣類を持った若いスタッフの男が小屋の裏口から歩いてくるところだった。ひょろっと痩《や》せて顎《あご》下だけに髭《ひげ》を生やし、青いバンダナで頭を包んでいる。

「三谷《みたに》さん、〝カラス〟?」

真理に声をかけられ、若者は苦笑いを返した。「四日ぶりっすよ」

里村たちの前をすり抜けるように歩き、突き当たりにある緑色のコンテナらしい建物のドアを開閉し、中に入っていった。

「彼、ちょっと老けて見えるけど、あれで十九歳。うちでいちばんの若手なんです」

真理がクスッと笑う。里村がつられて笑いながら訊《き》いた。

「〝カラス〟って何ですか」

「お風呂《ふろ》のことです」

「え。ここにお風呂、あるんですか?」

真理は少し肩をすぼめ、口に手を当て、小声でいった。「お客さんには内緒《ないしょ》ですけど」

里村は意味がわからず、途惑いの瞬《まばた》きを繰り返す。

「お客さんたちが汗だくで登ってこられても、山小屋にはお風呂がないことになっていますから。だからといって、従業員が汚いままだと接客業ができないでしょ。そんなわけで、お客さんたちにわからないよう、ここではお風呂のことを〝カラス〟っていいます。つまり、〝カラスの行水《ぎょうずい》〟。スタッフ同士の秘密の合言葉です」

「ああ」

里村はやっと納得した。

「女子は三日に一度ぐらい。男子スタッフは四日から一週間に一度ぐらいの割合で、なるべくお客さんがいないときにこそっと入ってるんです。何しろ洗面所に手が生えたような小さなお風呂だし、みんな、ほとんどシャワーだけですけど」

「女性なのに毎日入らなくてもいいんですか？」

「ここは空気が乾燥してるし、気温も低いから、少しぐらい労働したって、ほとんど汗をかかないの。みんな、お風呂に入らない生活に慣れてくるんです。中にはお風呂に入ると調子が悪くなる人だっている。だいいちこんな気温で外風呂に入るなんて、震えるほど寒いですから」

「驚きました」

「うちの小屋はほとんど天水だから、水は節約しなければならないんです」

「天水……雨を溜《た》めた水を利用しているってことですか」

「水場はあるにはあるけど、稜線《りょうせん》からずいぶん下のほうなんです。ポンプアップするにも電気をかなり使うから、飲食用以外はなるべく雨水を溜めて濾過《ろか》したものを使ってるの」

　さすがに三千メートルの場所にある山小屋だと、里村は感心した。

「ところで……ぼちぼちお昼の用意がありますから、仕事に戻りましょう」

　腕時計を見て驚いた。まだ午前十時前だったが、もう昼食の準備にかかるのか。

　彼の顔を見て察したのか、真理がいった。「頂上に向かわれるお客さんたちが、十一時過ぎにはここに立ち寄ってお昼を食べて行かれるんです。ラーメンとかおうどんとかをお出ししなければいけません。洗濯物は私がやりますから、里村さんはまた厨房のほうに行ってください」

「わかりました」

返事をして、里村は丸椅子から立ち上がった。

＊

それからの毎日、里村は文字通り必死に働いた。

スタッフたちが寝泊まりする部屋で、朝は午前四時前から暗い中、いっしょに起床した。

ここ北岳肩の小屋では繁忙期の今、管理者である小林親子の他、里村を入れて男女八名のスタッフが働いている。そのうち狭い厨房《ちゅうぼう》で働くスタッフは輪番で五名が担当する。それぞれ活発に動き、テキパキと仕事をこなす。お互いにぶつかりそうになるのを、実に見事にかわしながら、あわただしく動いている。

肩の小屋では夕食のおかずは紙皿を使うが、朝食にはプラスチック製の丸いプレートを使用している。

中央にある作業台になる長テーブル一面にプレートがびっしりと敷き詰められ、そこに焼き鮭やウィンナー、卵焼き、梅干しにタクワンなどが載せられる。味噌汁《みそしる》の寸胴鍋《ずんどうなべ》から次々とお椀《わん》に注がれ、ガス炊きの大きな圧力釜《あつりょくがま》から茶碗《ちゃわん》にご飯が盛られてゆく。隣接する食堂ではテーブルのセッティングが始まり、長テーブルに箸《はし》やしょう油などが並べられている。

その慌《あわ》ただしさは、まるで戦場のようだ。それでいて、誰もが言葉ひとつなく、沈黙のうちにテキパキとそれぞれの作業を続けるのである。

里村は慣れぬ手つきで手伝いをした。最初のうちは卵をうっかり床に落として割ったり、味噌汁をこぼしたりした。そのたびに厨房を仕切るスタッフの篠田に睨《にら》まれ、怒鳴られ、恐縮して頭を下げた。

それでも里村は日々、懸命に働いた。スタッフらとともに米を研ぎ、野菜の皮剝《む》きをしたり、あるいは食器などを後片付けし、手が切れるように冷たい水で食器を洗ったりした。館内を雑巾《ぞうきん》がけし、屋根に登って布団を干し、客室や食堂の窓ガラスを拭《ふ》いた。

とにかく夢中だった。何を考えるという余裕もなく、まるでプログラミングされたマシーンのように手足を動かし、ひたすら働き続けた。

とりわけ七月中旬の海の日を入れた三連休はすさまじい状況だった。

昔は一枚の布団にふたりか三人で寝るほどの混雑だったというが、今は完全予約制で、さすがにそんなことはない。しかし、それでもひっきりなしに山小屋にやってくる登山者たちを接客し、テーブルセッティングをし、厨房作業をし、掃除に洗濯。それであっという間に一日が終わってしまう。

夜は八時に消灯。スタッフたちとの寝室に入って布団に横たわると、疲れのせいでたちまち眠りに落ちた。周囲からは高鼾《たかいびき》がさかんに聞こえてきたが、まったく気にならぬほど熟睡した。翌日は朝というか、まだ夜中の三時半過ぎにはパッと目が覚める。まどろむ余裕もなく飛び起きて服を着替え、洗顔をし、厨房に走る。

ことに厨房の慌ただしさは戦場のようだと思ったが、まるで軍隊の生活のようだった。二十四時間、体に鞭打《むちう》ち、飛び回り、手を動かした。登山客たちがくつろぎ、外のベンチなどで景色に見入っているのを傍目に、狭い山小屋の中をあちらへ、こちらへ、とにかく走り回る。

ゆっくりできるのは三度の食事ぐらい。それでもスタッフ全員が十五分ぐらいで食べ終えるからのんびりとはしていられない。たまにわずかな休憩時間が取れると、従業員部屋に入って仮眠を取るが、じきに叩《たた》き起こされる。

そんな日々を送っているうち、疲労が蓄積してたびたび立ち眩《くら》みに襲われるようになった。そんなときは、あわてて何かに摑《つか》まったり、壁に背をつけたりしてじっとしのいだ。鏡を見るたび、土気色の顔があって、虚《うつ》ろな目が見返してきた。

それでも里村は頑張り続けた。

この仕事から逃げたくなかった。なぜなら、後がなかったからだ。

ふと気づくと、娘のことを考えていた。

疲れてぼうっとしているときなど、まるで夢を見ているときのように美紀の姿が脳裡《のうり》に浮かんでいる。

なぜなのだろうかと思った。

そういえば、この小屋で働く大下真理を見ていると、その貌《かお》に美紀の面影を重ねてしまうことがしばしばあった。とくにふたりが似ているというわけでもないが、たんに年齢が近いというだけで無意識に思い出してしまうのだろうか。

そもそも山小屋で働くことになったのは、美紀の言葉がきっかけだった。

紀代実とは離縁したが、美紀は血のつながった娘だ。今でも父のことをどう思っているのだろうかと考える。

「新しい仕事を見つけてみたら?」と、彼女が電話の向こうでいった言葉は気まぐれではなく、真摯《しんし》に心配してくれたからだろう。母親に似て気が強く、表裏のないさっぱりした性格の美紀だが、そんな頼もしさの中には女性らしい優しさが垣間《かいま》見えた。一方で妻同様、父に対して不甲斐《ふがい》なさを感じていたはずだ。

おおかたの父親は子供、とりわけ娘に対して、ある種の承認欲求のようなものを常に持っているのではないかと思う。とりわけ里村は、まるで顔色をうかがうかのように娘の気持ちを推し量ろうとすることがある。迷惑をかけてないだろうか。嫌われていないだろうか。初老の男の醜さに背を向けて、いやいや合わせてくれているのではなかろうか。そんなことを内心で思ってしまうのである。

妻にいわれたとおり、仕事仕事でろくに家族を顧みない日々だった。

それは自分からあえて妻と娘に関わりたくないという気持ち――いわば、不安と恐怖心に近い感情があったからである。

美紀が小学五年の夏休み。家族で旅行に行った。

自動車免許と自家用車を持っていないこともあって、里村はなかなか休暇中に妻子とともに出かけることがなかったが、一度だけ家族サービスでレジャーに出かけたことがある。

たまたま新聞広告で見かけた信州の白樺湖《しらかばこ》だった。

早朝に家を出て、新宿《しんじゆく》駅から午前七時に出発する中央本線の特急列車に乗り、長野県の茅野《ちの》駅で下車、そこからバスに乗ってビーナスラインをたどり、標高一四一六メートルの高原にある湖へ向かった。

予約していたホテルに到着し、その日の午後、三人で白樺湖の周辺を散策した。

貸しボート乗り場があったので、ふと思いつき、乗ってみることにした。

紀代実が「怖いから」と遠慮したため、彼女ひとりを畔に残し、美紀といっしょに手漕《こ》ぎのボートに乗って湖に繰り出した。里村はボートを漕ぐなんて初めてのことだし、もちろん内心、不安はあったが、いざやってみるとさほど難しくもなく、ボートは穏やかな水面を滑るように進んだ。

岸辺にあった案内板を読んで知ったのだが、ここは自然に出来た湖ではなく、もともとは農業用水の確保のために人工的に作られた溜《た》め池らしい。しかし思ったよりも面積が広く、深さもそれなりにあるようだった。

周囲はいかにも高原のリゾート地らしく、ホテルが建ち、遊園地もある。近くにそびえる車山《くるまやま》というなだらかな山のシルエットが、逆さになって湖面に映り、スワンボートと名付けられた白鳥の形をした足漕ぎの大型ボートがいくつか、ゆっくりと近くを滑っていた。

紀代実には「あんまり沖に出ないようにね」といわれていたが、つい、うれしくなってけっこう岸辺から遠い場所までボートを出していた。

美紀と向かい合わせに座りながらオールを漕いでいるうち、里村の心はこの湖面のように穏やかになっていた。こうして自然の中でゆったりとした時間を過ごしていると仕事のストレスを忘れ、体の内面からゆっくりと浄化されているような気がした。

自分の前で、まだ十一歳になったばかりの小さな美紀が、うっとりとした顔で湖の景色に見とれている。その愛くるしい姿に、ふと里村は家族の幸せを思い、今さらながら自分が父親であることを実感した。

――お父さん、そこに魚がいる！

美紀の声に我に返ったとき、娘が危なっかしくボートの縁から水面に片手を伸ばしていることに気づいた。

――美紀、危ないぞ。

里村がいった直後、ボートがふいに大きく揺れた。

はっと思った瞬間、娘を見た。

船縁《ふなべり》でバランスを崩し、蒼白《そうはく》な顔に恐怖の表情を浮かべた娘と視線が合った直後、美紀は頭から湖に落ちていた。さいわい深みに沈まず、頭を出したかたちでバタバタと飛沫《しぶき》を散らして水面を叩いている。あっけにとられる里村の眼前、濡《ぬ》れた前髪を顔に張り付かせ、必死の形相となった美紀が何度も上下し、水中に沈みかけている。

娘が泳げないことを思い出したのはそのときだ。

のみならず、里村もまた、まったく泳げなかったのである。

彼は何も出来ず、意味もなくオールを握ったまま、慄然《りつぜん》と硬直するばかりだった。目の前で美紀は水を飲んでは咽《む》せながら、両手で必死に水面を叩き続けている。声を出す余裕もないようだ。

ハッと顔を上げ、ずっと遠くに見える岸に目を向けた。

ボート乗り場の桟橋に、表情を凍り付かせ、独り立っている紀代実の姿が小さく見えていた。

＊

二週間が経過した日、たまさか客足が引いた。

午後、里村は小屋の外にある木造りのベンチに座り、ぼんやりと景色を眺めていた。南の空に雲海が十重二十重《とえはたえ》に折り込まれながら彼方《かなた》まで広がり、そのずっと先に富士山がうっすらと青い三角形をもたげて見えた。気温は十五度ぐらいだったが、穏やかに涼しい風が吹き、気持ちのいい一日だった。

さっきからギターの音色がもの悲しく耳に届いている。

小屋の裏手か、どこか近くからだが、おそらくスタッフの誰かが持ち込んでいるのだろう。アコースティックギターを奏でる音がなんとも懐かしく感じられる。里村が十代の頃、フォークソングがブームになり、見様見真似でギターをつま弾きながら流行歌を口ずさんでいたものだった。

すぐ近くの地面を小さな鳥がチョンチョンと跳ねながら、小さな嘴《くちばし》で何かをついばんでいる。灰色と茶色が混じった鳥で、名前はわからないが、やけに人慣れしているようで、里村のすぐ近くに平気で近寄ってくる。

麓《ふもと》で見かけないから高山鳥の類《たぐ》いだろう。それをしげしげと見つめた。

それにしても三千メートルの標高といえば、麓に比べて酸素濃度が三分の二ぐらいしかないというが、そのことをすっかり忘れていた。さいわい高山病の兆候はなく、頭痛、吐き気やだるさは感じない。というか、それどころではなかったというのが実感である。風呂《ふろ》には二度、入った。それも、まさに〝カラスの行水〟のように温《ぬる》いシャワーをさっと浴びただけだった。

全身がけだるい疲労感に包まれていたが、来た当初のつらさはなぜか感じなかった。毎日、馬車馬のようになって一生懸命に働き、叱られ、怒鳴られ、謝り続けながら、何とか二週間を頑張ることができた。

四十年、働きづめだった会社の仕事とは、まったく別の世界がここにはあった。自分の過去の経験も経歴も、何ひとつ役に立たなかった。まったく無意味だった。しかし、それだけに新鮮な体験だったし、少しずつだが、山小屋の仕事のノウハウがわかってきたような気がした。

近くで小さな子供の声がした。

見れば、小さな少女が山小屋の看板の前に立ち、母親らしい若い女性といっしょにピースサインをし、父親らしい男性がデジカメで撮影をしている。

彼らの幸せそうな笑顔を眺めているうち、ふと白樺湖での出来事を思い出した。

そのとたん、里村の表情から明るさが消え、代わりにいつもの暗澹《あんたん》たる気持ちが浮かび上がってきた。

もちろんあのとき、娘の美紀は救助された。

たまたま紀代実の近くにいた係員の男性が彼女の悲鳴に気づき、とっさに救命用の浮き輪をとりに走り、着衣のまま躊躇《ちゅうちょ》なく桟橋から湖に飛び込んだ。さいわい水泳が得意な若者だったらしく、巧みな泳ぎで里村のボートまでやってきて、溺《おぼ》れかけた美紀を助けてくれた。

そうしてかけがえのないひとり娘の命が救われたのは良かったが、楽しいはずの家族旅行が、以後、里村にとって最悪なものになってしまったのはいうまでもない。

むろん、まったく泳げない里村がその場で水に飛び込めば、娘を助けるどころか、最悪の事態になってしまっただろう。にもかかわらず、眼前で溺れる娘に何も出来ず、手をこまねいていた父親という汚名は確固たるものとなった。

ホテルに滞在していた間、紀代実は夫の失態について言及しなかった。しかし双方の間の空気は明らかに不穏なものだったし、直接の言葉がなくても、妻の不信感はありありとうかがえた。

あどけない小学五年の娘でさえ、父を見る目が変わっていたように思えた。だから里村はふたりに視線を向けず、ただ口を閉じて、あらぬほうを向いてばかりだった。食事のときも母と娘の会話に入れずにいた。

帰りのバスや列車の中でも、湖での出来事が夫婦の会話に出てくることはなかった。というか、紀代実は意図的にそれに触れることを避けているのだった。それは気まずさとか、夫への遠慮とかではなく、その真逆に、里村のことを軽蔑《けいべつ》し、ある意味、頼もしい父であり夫であることへの期待を失って諦《あきら》めの気持ちが生じていたことの証《あかし》であった。

足音が聞こえ、振り向いた。

外トイレのあるほうから、青いジャンパーに長靴姿の小林雅之が歩いてきた。

里村が座っているベンチの隣に腰を下ろし、やや猫背気味になって、彼と同じ方角をじっと見つめた。そのまま、ずっと黙っている。

「どうした。浮かない顔じゃないか」

ぼそっといわれ、里村は狼狽《うろた》えた。

「昔のことを思い出していたんです」

「俺も若い頃の恥を思い出しては、穴があったら入りたくなることがあるよ」

日焼けした顔に皺《しわ》を刻み、雅之が少し笑った。

里村の場合は恥ではなく、いわば自責の念というべきだった。しかし、そのことをここで口にしても仕方なかった。無理に作り笑いを浮かべ、里村が遠くに視線をやり、いった。

「いい景色ですね」

雅之が頷《うなず》いた。「うちは北岳にある山小屋でもいちばん高い場所にあるんだ。ここから見る富士山の姿は格別だと思うよ。やっと景色に目が行くようになったんだな、あんた」

応《こた》えられずにいると、雅之は目尻《めじり》に皺を寄せて笑い、大きな掌《てのひら》で里村の肩を軽く叩《たた》いた。

「仕事はどうだね？」

　里村は、はにかみながら頭を掻《か》いた。

「こんなに衣食住を必死にやったのは初めてのことでした」

「山小屋っていうのは職場であり、生活の場であり、人の命を守る場所でもあるんだ。だから、何から何まですべて自分たちでやんなきゃならない」

「自分の不器用さをつくづく感じました。すっかりみなさんの足を引っ張ってしまって」

「何ごとも最初ってのはあるもんだ」

「六十五ですよ」

「たとえ六十五歳でも、最初はあるさ」

　里村は雅之の横顔を見つめた。大下真理からも聞かされた言葉だった。

「私なんかがここにいてもいいんでしょうか」

「それはあんたが決めることだ。前にもいったろ？　いつまで経ってても居づらかったり、キツかったりしたら、それはあんたがここに向いてないってことだ。しかし少しでも何かいいことを見つけたら、この仕事を続ければいい」

「息子さん……和洋さんは私のことを？」

「どうだかな。あいつはどこか斜にかまえてるところがあって、素直な言葉が苦手なんだ。とはいえ、和洋はあくまでもこの山小屋の責任者だから、あんたのことをちゃんと見てるし、ダメならダメとはっきりいうよ。あれでけっこう苦労人なんだ」

「そうなんですか」

「もっと若い頃は、山で働くなんてこれっぽっちも思ってなかったらしい。だから、自分から陸上自衛隊に入ったんだ。そこでさんざん鍛えられて、何かを摑《つか》んで戻ってきたんだろうな。自分からこの肩の小屋を仕切りたいっていってきやがった」

「陸上自衛隊……」

驚いた。

どちらかというと、ひょろっとした体型で、いかにも今風の若者に見える和洋にそんな過去があったとは、まったく想像もつかなかった。

「面白いだろう？　人生、何ごともめぐり合わせの連続だからな」

里村は雅之を見た。「めぐり合わせ、ですか」

「そうだ」

目尻に皺を刻み、雅之がいう。「もしもうちに電話しなかったら、あんたはここにはいなかった。あるいは別の山小屋で、別の人間たちの中で苦労しながら仕事をしてたかもしれんし、何かまったく別のことをしてたかもしれん。だけど、あんたは今、ここにいる。そういうことだ」

「めぐり合わせ……」

雅之はゆっくりと立ち上がり、里村の肩をまた軽く叩いた。それも二度。

「意外に筋がいいと思うよ」

いい残して、体を揺すりながら小屋のほうへと去って行く。

その後ろ姿を見送りながら、あの大下真理も、ことあるごとに里村の肩や腕を優しく叩いてくれた。そのことに気づいた。

何ごとにも最初というものがある——真理がいった言葉だった。もしかすると彼女もまた、この仕事を始めた頃、こうして雅之に慰められたのかもしれない。

里村はふと、そんな想像をした。

真理の姿にまた娘の美紀のイメージが重なり、彼はひとり、険しい顔で唇を嚙《か》んだ。

第二話　天使の梯子《はしご》

遠く離れた斜面の途中で父が立ち止まった。

肩越しに振り向く顔が、岩のように険しかった。感情の読み取れない眼差《まなざ》しでじっとこちらを見つめている。

小林和洋は膝《ひざ》に両手を突き、ハアハアとあえいでいた。

額やこめかみを止めどもなく汗が流れ、顎下《がっか》からしたたり落ちた。揺らぐ視界の中に、父の姿が小さく見えている。

——そんな場所で休むな。置いてくぞ。しっかりついてこい。

身も蓋《ふた》もない言葉に閉口しながらも、あれが自分の父親なのだと和洋は思った。いくら逆らっても抵抗しても無意味だ。何しろここは父の山なのだから。

しばしあえいでから、やおら身を起こした。

父はすでに後ろ姿を見せ、歩き出している。体のほとんどが隠れるほど荷物を積み上げた背負子《しょいこ》を担いでいた。一方、和洋のほうは小さなリュックだった。それも最低限の水と雨具ぐらいしか入っていないから軽い。父の荷物はきっと五十キロぐらいはあるだろう。

歯を食いしばって身を起こし、また歩き出した。

急斜面を這《は》うように登り、急ぎ足に何とか父に追いついた。父は汗もかかず、呼吸も乱れぬまま、涼しげな顔で歩き続けている。大股《おおまた》で、ほとんど足音を立てない。それに比べて和洋は大げさに靴音を立て、歩調の乱れた歩き方をしていた。

どうしてなんだと思う。

父はなぜ、自分を突き放してしまうのだろう。それでいて、なぜ遠くからこっちを見ていてくれるのだろう。いったい何を期待しているのだろうか。

ふと気づけば、ふたたび父と距離が開いていた。もうずいぶん先にいた。まるで滑るような歩みで、トントン拍子に稜線《りょうせん》への山道をたどっている。

和洋は滝のように流れる汗を拭《ぬぐ》いながら、その後ろ姿を必死に追いかけた。

＊

――和洋さん。〝三回戦目〟のお客さんを入れます！

女性スタッフの声を聞き、小林和洋は帳場と呼ばれる受付室を出て食堂入口で立ち止まる。あわただしく動き回っている男女のスタッフたちが、それぞれの長テーブルに料理が載った皿を並べ終えたところだった。

その向こう、客室方面のフロアに十五名以上の宿泊客が立っていた。

ここ肩の小屋の夕食は通常、五時からだが、混み合う土日や祝日は、どうしても一度の配膳《はいぜん》で食事が終わらず、いくつかにグループ分けして待っていただくことになる。食事が終わる都度、トレイを片付けてテーブルを拭《ふ》いたりし、次の客のためにまた配膳をする。それを繰り返すことを〝何回戦〟と山小屋のスタッフは呼んでいる。

厨房《ちゅうぼう》を覗《のぞ》くと全員が緊迫した表情で動き回っていた。

こんなふうに食堂がキャパオーバーになるとき、彼らの多忙は熾烈《しれつ》を極める。動線の悪い狭い中で常に数名のスタッフが互いに身をかわしながら行き来する。

――誰か、丼ふたつ持ってきて！

――洗い物がたまってます。早くしてください！

悲鳴に近い声が交錯する中、里村が右に左にあわただしく走り回っている。

ようやくテーブルセッティングが完了した。

――みなさん。大変お待たせしました。〝三回戦目〟の食事の用意が出来ましたので、お席にどうぞ！

食堂の端に立って待つ客たちにアナウンスしたのは、バイトスタッフの川島知佳《かわしまちか》だった。

現場がパニクってるせいで、つい山小屋用語を叫んでしまい、何人かの客に怪訝《けげん》な顔を向けられた知佳が、後ろを向いて肩をすぼめて小さな舌を出したとたん、厨房の窓越しに和洋と目が合って顔を赤くした。

知佳は赤毛のショートヘアという今風の娘だが、青いバンダナを三角折りにして頭に巻き、紫のエプロン姿。小柄だが機敏に動く彼女は、慣れた様子で、他のスタッフたちとともに大勢の客たちをテーブルに導く。手前から座られると動線を遮ることになるので、まず奥へ奥へと詰めてもらう。

たちまち食堂の各テーブルは登山者たちでいっぱいになり、大勢が歓談しながら食事を始めた。

――すみません。お茶がなくなりました。

テーブルについていた若い男性の宿泊客が手を挙げると、すぐに山シャツにエプロン姿の里村乙彦が片手に薬缶《やかん》を持ち、厨房から出ていった。中ほどのテーブルに置き、代わりに空になっていた薬缶を取って客たちに一礼をしてから戻ってきた。それを調理台の端に置いたとたん、近くにいた篠田の野太い声が飛んだ。

「里村さん。薬缶はすぐに中を水洗いしてください」

「すみません」

頭を下げた里村が、薬缶をまた取って流し台で洗い始めた。ていねいにすすぐと水切りの上に逆さにして伏せ、タオルで手を拭いた。

――生ビールふたつ、お願いしまーす。

外から真理の声がした。

壁のラックに伏せて並べてあったビール用のプラコップをふたつ摑んだ里村が、生ビールサーバーの前に立った。レバーを倒してビールを注ぎ、次に逆側に倒して泡を注ぐ。その手つきもだいぶ慣れてきたようだが、やはりまだるっこしいところもある。他のスタッフらのように無駄のない動きができていない。

里村がコップふたつを載せたトレイを窓口に置くと、外から真理が受け取って客のテーブルに運んでいった。そんな様子を篠田がしばし近くから見ていたが、ふいに向き直ったとたん、和洋と目が合った。いつものように手ぬぐいを海賊巻きにした髭面《ひげづら》の篠田は、あからさまに不機嫌な様子だった。何かいいたげな、そんな篠田の顔から和洋はあえて目を離した。

篠田は古い常連スタッフである。器用で要領が良く、何ごともテキパキとこなせる小屋仕事の達人だ。しかしそれだけに他者に対する目も厳しい。他のスタッフから〝牢名《ろうな》主《ぬし》〟と密《ひそ》かに渾名《あだな》されていることは知っているが、山小屋という特殊な職場においては、そういう存在も必要だと和洋は思っている。

山小屋の基本は接客業である。宿泊受付や電話応対、部屋割りと案内などのフロント作業があり、客の朝夕の食事作り、配膳、後片付けを担当する厨房の仕事があり、昼の軽食や喫茶も兼任する。館内の掃除、雨仕舞いなど屋内作業ももちろん必要。さらに登山道の補修やペンキ塗りなどの外作業にくわえ、ときには歩荷《ぼっか》もある。つまり何でも屋でなければ務まらない。

もちろんひとりですべてをやるわけにはいかないので、分担となる。それぞれのスタッフの得手不得手を見て、メインの仕事担当を任せることになる。里村に関しては、まだ働き始めて日が浅いため、彼の能力を見切ることができずにいた。

表の戸口が開く音がして、長靴にジャンパー姿の小林雅之がのっそりと入ってきた。

「明日《あした》から天気が崩れそうだ。二、三日続くかもしれん」

父にポツリといわれ、和洋の顔が曇った。

昔から父の観天望気はたしかだった。風を読み、空気を感じ、雲の流れから察した翌日の天気はほとんど的中した。最新の衛星システムを駆使した気象予報よりもよほど正確だった。

和洋はスタッフらを呼んでブルーシートを倉庫から持ってくるように指示をする。雨が降り出す前に、正面入口の靴脱ぎ場から通路にシートを敷くためだ。全身びしょ濡《ぬ》れで小屋に入ってくる客は、否応《いやおう》なしに雨粒を落としながら歩くことになる。

「ヘリが飛べなくなるなあ」

スタッフらの働きぶりを見ながら和洋がつぶやく。

食材の荷揚げ準備は終わっている。山麓《さんろく》である広河原のヘリポートには食品会社がトラックで運んできた段ボール箱がたくさんたまっている。いずれも雨を避けるために倉庫に収容されているが、腐食の早い野菜などは何日もそこに置いておくわけにはいかない。

「歩荷を出すしかねえな」

こともなげに父にいわれ、和洋が口を引き結んだ。

歩荷とは人足による荷揚げのことだ。もちろん小屋のスタッフや管理人がそれをやらねばならない。

「それでなくても多忙で人手不足なのに？」

「仕方ねえだろ。山の仕事はお天道様のご機嫌次第だよ」

ニコリともせず、雅之は背中を見せて、小屋から外へ出て行った。

＊

翌日、夜明け前から雨音がし始めていた。

起床してすぐ和洋が外に出ると、真っ暗な中、大粒の雨が屋根や軒を叩《たた》いている。雨の中を走って発電機室に飛び込み、スターターボタンを押して始動させた。ホンダの三相式ジェネレーターがガタガタと大げさな音を立てて暴れ始めた。

小屋に戻り、他のスタッフたちと小屋の入口から食堂までの板張りの床に、用意していたブルーシートをていねいに敷いた。

さっそく朝食の準備に入る。

小屋に隣接する倉庫に行き、大型冷蔵庫の扉を開き、朝食用の食材を選んでいると、里村が入ってきた。淡い電灯の光の下、頭や肩がすっかり濡れている。寝起きの顔だったが、額にタオルを巻き付け、腰にエプロンをかけている。そんな姿が意外に似合っている。

「こちらとこちら、厨房に運んでください」

「わかりました」

里村は冷凍食品を箱ごと積み重ね、抱えながら出て行く。すれ違うように大柄な篠田が入ってきた。

「ほうれん草や大根などが不足してるようですが？」

和洋が頷《うなず》く。「この天気じゃ、ヘリの荷揚げは無理です。雨が小止みになったら歩荷で下のヘリポートから担ぎ上げてきます。要員二名で大丈夫だと思います」

「だったら俺も行きます」

「篠田さんは小屋のほうをお願いします。里村さんを連れていってみるつもりです」

「まさか？」

篠田はあっけにとられた顔をした。「あの人に歩荷なんて無理ですよ」

「荷運びは無理でも、我々の仕事を見てもらいたいと思ってます」

「濡れた足場で滑落でもしたらどうすんですか」

「そうならないように注意しておきます」

和洋の言葉に途惑いを隠せぬまま、篠田は冷凍食品の箱をいくつか抱えて雨の中に出ていった。その後ろ姿を見ながら、和洋はじっと考え込んだ。

＊

円山《まるやま》候補生のことを思い出していた。

下の名は達也《たつや》だったか隆也《たかや》だったか。判然とした記憶がない。

陸上自衛官候補生として同じ駐屯地に着隊し、教育隊の隊舎の営内で集団生活を送った同僚だった。

陸自の候補生はまず教育隊で三ヵ月の教育訓練を受ける。基本教練に座学、武器の扱い、体力の錬成などを経て、野営や行進訓練もある。その三ヵ月の候補生教育で基礎を身につけた者たちは、そののちさらに三ヵ月、現場部隊に配属となり、新隊員特技課程と呼ばれる専門訓練を受けることになる。

円山はたまたま和洋と同じ駐屯地に配属となった。

和洋が後期教育で配属された普通科の部隊には、新人候補生らから〝ハートマン〟と呼ばれていた教官がいた。田辺《たなべ》一等陸尉。それはスタンリー・キューブリック監督の戦争映画〈フルメタル・ジャケット〉に登場する鬼教官、ハートマン軍曹からついた渾名《あだな》だったが、その名の通り、情け容赦のない人物だった。円山は〝ハートマン〟にとって恰好《かっこう》の虐《いじ》めの対象だった。いや、〝ハートマン〟のみならず同じ部隊の同僚たちからも、彼はいつも標的にされていた。

もともと自衛隊には昔から厳しい上下関係があり、旧軍の習慣を引きずった前時代的な不文律による精神的および肉体的な抑圧があった。その中にさらされる若者たちにとって、鬱憤《うっぷん》晴らしの対象が必要だったのかもしれない。太り肉《じし》で体力がなく、温厚な性格で、どこか愚鈍な印象のある円山は必然的にその矢面《やおもて》に立たされることになった。

駐屯地における教育訓練でも、とりわけ野外訓練はハードだった。行進、ランニング、匍匐《ほふく》前進、射撃と、隊員たちは半日、泥まみれ、汗まみれになって教官らに鍛えられ、しごかれていた。過酷だったのはハイポートと呼ばれ、フル装備で小銃を保持したまま、掛け声を大きく合わせて走らされる訓練だった。炎天下で熱中症になったり、倒れたりする者が続出した。

脱落者がいれば連帯責任となり、その班ごと容赦なくペナルティが科せられ、一時間にもおよぶ腕立て伏せ（プッシュアップ）などを強要される。常に周囲に遅れがちだった円山のため、彼がいる班員たちは否応なしに懲罰を受けることになった。そのため全員の怨嗟《えんさ》の眼が円山に向けられた。

和洋は円山とは別班だったが、噂はいやでも耳に届いていたし、露骨に被害にさらされる姿を何度となく見かけたものだった。むろん心が痛んだし、気の毒に思ったが、自分個人で何ができるわけでもない。今にして思えば、やはり見て見ぬ振りをしていたということになる。

陸上自衛隊の普通科連隊では、年に数回、実銃を使った射撃訓練を行う。その日は施設敷地内にある屋外射撃場での訓練だった。射撃場では五名の隊員が横並びになり、二百から三百メートル先の標的を撃つ。

各員に与えられる弾丸は一弾倉につき、二十発だ。訓練開始のときは弾丸の数を正確に数えて隊員ひとりひとりに渡す。まず待機線にて銃の点検。射座と呼ばれる射撃位置まで進むと、射手ひとりにつき、赤いカバーをかぶせたヘルメットをかぶった射撃係と呼ばれる隊員が補佐し、射撃手への指導、監督、上官への報告を行う。

全員が持つのは、当時の正式小銃だった八九式小銃。射撃指揮官の「右方用意」「左方用意」「射撃用意」の声でかまえ、「撃て」で各自が発砲する。伏射に次いで膝《ひざ》を立てる膝射《しっしゃ》。すべての弾丸を撃ち終えると、それぞれについた射撃係が異常なしを確認し、待機線まで戻って空の弾倉を抜く。

射撃訓練の終了とともに、銃弾と空薬莢《からやっきょう》の数の確認が必ず行われる。発砲時に射出され、銃に取り付けた薬莢受けの中にたまった空薬莢の数が配布された弾丸の数と合わなければ、その場で隊員全員による徹底した捜索が始まるのである。

円山は他の隊員に比べ、射撃においても常に最下位だったが、何しろ不器用だったし、キビキビした動きや銃の扱いが苦手なため、終始、〝ハートマン〟教官から落雷のように怒鳴られていた。

一度、射撃後の薬莢回収で弾丸と空薬莢の数が合わなかったことがある。調べたところ、円山候補生が薬莢受けの表側にあるチャックを閉め忘れたまま射撃したため、排莢《はいきよう》時に行方不明になったのだった。

その場で全員による捜索。三十分も捜して、ようやく草叢《くさむら》に転がった空薬莢が発見された。しかし当然、彼の班には相応のペナルティが科せられる。プッシュアップとランニングである。

その晩、営内で騒動が起こった。和洋が寝室を出てみると、通路に大勢の候補生たちが集まり、その中に円山が倒れていた。ジャージのズボンが膝上《ひざうえ》まで下ろされて下着が露出し、白いTシャツが血で赤く染まっているのが見えた。

壁に背を付けて足を投げ出している円山の顔は、鼻血で真っ赤だった。

拳《こぶし》を握って立つ隊員らの中でひとり、体を震わせながら泣いている円山の姿を見ているうち、どうにもいたたまれなくなり、和洋は誰か上官に報告するべきだと思った。

そっとその場を抜けようとしたとき、通路のずっと先に誰かが立っているのに気づいた。

迷彩ズボンに黒のTシャツ姿のがっしりとした体軀《たいく》の中年男性。

〝ハートマン〟こと田辺一等陸尉だった。

訓練生たちから少し離れた場所にひとり立って、腕組みをしながら、これ見よがしに騒動を見ている。その厳《いか》めしい表情の中には、円山という若い部下に対するいささかの憐憫《れんびん》も見られなかった。

その姿を見たとたん、和洋は報告をあきらめた。

仕方なく向き直ると、通路に集っていた候補生たちは三々五々と散り始め、それぞれの相部屋に戻っていくところだった。そして円山がただひとり、その場にうずくまり、まるで胎児のように体を丸めながらすすり泣いているばかりだった。

＊

午前七時過ぎ、それまで降り続いていた雨が小止みになった。

下駄箱近くの壁にかかった液晶テレビに衛星放送の気象予報が映されているが、梅雨時を思わせる前線がびっしりと本州南岸に張り付いていて、気圧の等高線がまるで指紋のように狭く凝縮し、本州中部付近を覆っている。

ただし雨は午前中から夕方にかけて一時的に止むという予報があって、和洋は麓《ふもと》からの歩荷《ぼっか》を決断した。

朝食の後片付けと客室の掃除が終わったばかりの里村を見つけ、和洋は声をかけた。

「これから麓の広河原まで下って、食材を少し歩荷してきます。里村さんも同行していただけますか？」

　里村はぽかんとしていた。鳩が豆鉄砲を食ったという言葉を、和洋は思い出したが、まさにそんな表情だった。こみ上げてきた笑いを咬《か》み殺しながらいった。

「何も里村さんに荷物を担いでもらおうってわけじゃないんです。現場で荷造りの補助がほしいだけですから、ご心配なく」

　里村は少しホッとした顔になった。

　とはいえ標高三千メートルのこの山小屋から、およそ千五百メートルの標高差を往復するわけである。それも悪天候の中だ。里村にはさぞかしつらい体験になるだろう。そう思ったが、和洋はあえて口に出さずにいた。

　一時間後、ふたりで山小屋を出発した。

　雨はたしかに止んでいたものの、濃密なガスが立ちこめていて、湿気で衣類が濡《ぬ》れるため、レインウェアを着込んで歩き出した。ときおり強い風が地表を舐《な》め、岩の合間に生える草花がそろってお辞儀《じぎ》をする。ガスが塊となって、目の前を通過していく。

　和洋は歩荷用の大きな背負子《しょいこ》を担ぎ、里村は小屋の備品である小さなデイパックを背負ってダブルストックを突いている。見たところ、彼の足下は安物のトレッキングブーツだった。とはいえ、靴ばかりは本人の足へのフィットが重要なため、山靴を貸し出すわけにはいかない。

　下り道なので和洋が先を歩いた。後ろをついてくる里村の靴音を聞きながら歩調を合わせる。

ふと気がつくとだいぶ距離が開いている。流れるガスの向こうに、その姿がシルエットとなって見えた。和洋はふだんが健脚なだけに、どうしてもマイペースに戻ってしまう。うっかり離れてしまうと事故につながるかもしれない。とりわけ濡れた岩場は靴底が滑りやすいため、転倒や滑落の危険性が増す。

里村はやや小太りなうえ、還暦を過ぎた年齢だったが、けっして愚鈍ではない。仕事の呑《の》み込みも、思ったよりも早い。ところがなぜだろうか、彼を見ていると駐屯地で自殺した円山候補生のことを思い出してしまう。しごかれ、苛《いじ》められる姿を見ながら、自分が円山に何かしてやれたのではないかという、後悔あるいは慚愧《ざんき》の念があったためかもしれない。いくら悔やんでも、過去をやり直すことはできない。

地表を舐めるように流れる白いガスの中、色とりどりのレインウェアを着込んだ登山者たちが次々と登ってくる。すれ違うたびに挨拶《あいさつ》を交わす。さすがにこの天気だとテント泊は少なく小屋泊まりが中心となるだろう。

和洋はまた立ち止まった。考え事をしながら歩くうち、またもやずいぶんと里村を引き離してしまっていた。小さく見えるその姿が砂礫《されき》の斜面を下っている。忘れた頃に気まぐれに突風が襲い、それにさらされながらの危なっかしい足取りである。

じっと到来を待った。

父が里村を働かせてみようといった気持ちが、今になって少しわかった気がした。山小屋管理人の代を譲ったにもかかわらず、なかなか山を去らない父は、きっと自分の老いを認めたくないのだろう。里村と父とは十歳以上も歳が違うのに、互いの衰えた姿の中に何かを見いだそうとしているような気がしてならなかった。

幼い頃から、いつだって父のあとを追いかけてきた。走っても走っても追いつけなかった。ふと気がつけば、そんな父をいつの間にか追い越してしまっていた。

十代の終わりに家を飛び出し、自分から自衛隊の世界に入ったのは、父に対する反発が大きな理由だった。父は早くから長男である和洋を小屋の跡継ぎに決めていた。自由なはずの自分の人生を親に勝手に決めつけられたことへの抵抗だった。

しかし和洋はここに戻ってきた。

今にしてみれば、それは体に流れる血だったのかもしれない。

肩の小屋は雅之の先代、つまり和洋の祖父にあたる小林寛郎《ひろお》が仲間たちとともに建てた。私営の山小屋ゆえ、世襲は当たり前だったし、和洋自身もけっきょくは三代目を自然と引き受けていた。

そのことに関して、父の雅之はよくこういった。

俺たちはこの山に選ばれてる、と。

里村がようやく追いついてきた。頭にかぶっていたレインウェアのフードが風にあおられて脱げたらしく、胡麻塩《ごましお》の髪がびしょ濡れで、満面に微小な水滴がついていた。おまけにずいぶん息が弾《はず》んでいる。

登山者の中には、登りよりも下りが苦手という人間も少なくない。

下りなのにバテる。それは往々にして足運びに慣れていないからなのだ。人は登るときよりも下りで緊張する。地面までの視点が長いためだが、スリップや躓《つまず》きなどはたいてい下りで発生する。そのため、登山中の転倒や滑落事故は、下りのほうが圧倒的に多い。

「寒くないですか？」と、訊《き》いた。

里村は黙って首を横に振った。夏とはいえ、気温は十度を切っているし、この突風にさらされて体感温度はさらに下がっているはずだ。しかし思ったほど顔色は悪くはないし、震えもなさそうだ。

「疲れたでしょう。少し、休みましょうか」

里村は黙って頷《うなず》いた。

ふたりがいるのは小太郎山分岐点の標識が立った場所だった。ここから北を見れば、小太郎山に向かう尾根がなだらかに下りながら延びていて、途中から平行する二本線のような見事な二重山稜《さんりょう》になっている。分岐点とはいえ、いずれの登山道も明瞭《めいりょう》でなく、今日のようにガスがかかっていると間違えて踏み込んでしまうルートである。

ずっと彼方《かなた》にあるはずの仙丈ヶ岳《せんじょうがたけ》は、真っ白なガスのために視認できなかった。

「すみません……すっかり足手まといになってしまって」

顔の水滴を掌《てのひら》で拭《ぬぐ》いながら、かすれた声で里村がいうので、和洋は破顔した。

「時間に追われた仕事じゃないし、気になさらないでください」

里村は少し安堵《あんど》したようだった。

「それにしても、どうして私を選んだんですか」

「山小屋の仕事って接客業だけじゃなく、いわば何でも屋なんです。里村さんもうちの仕事に関わるのだったら、できればすべてをやっていただきたいと思っています」

里村は和洋の言葉に耳を傾けていたが、その顔に不安の影が差していた。

「私はそれほど器用な人間じゃない。体力もないし、経験も知識もありません」

「だからこそ、山小屋の仕事はチームワークなんですよ」

和洋は笑みを絶やさなかった。「誰にだって得手不得手はあります。苦手な部分はそれが得意な人がフォローすればいい。お互いに助け合って、これまでやってきたんです。あなたの以前のご職業も、きっと同じだったと思いますよ。会社という組織ってそういうものでしょう?」

里村はコックリと頷いた。

「私や父も、あなたにすべてを求めてるわけじゃない。うちの仕事を通じて、何か得意なことを見つけていただければいいんです。しかし、そのためにはいろんな仕事を体験していただかないといけません。けっこうきついと思います」

「わかりました」

里村は俯《うつむ》きがちにいった。どこか自信なげな表情だったが、仕方なかった。ここでの仕事を選んだ誰もが、最初はそんな顔を見せたものだ。

「じゃ、そろそろまた歩きます。ここからは草すべりの急坂になります。足下が滑りやすいからくれぐれも気をつけてください。急ぎ足にならず、ゆっくりでいいですから」

背負子を担いだまま歩き出す和洋のあとを、里村が頼りなげな足取りでついてきた。

風がまた横殴りに押し寄せ、ふたりのレインウェアがバタバタと音を立ててはためいた。

草すべりの斜面を下る間、里村は三回ばかり足を滑らせた。さいわいいずれも尻餅《しりもち》をついただけですんだ。下山中の事故で恐ろしいのは前のめりに倒れることだ。主に木の根や飛び出した岩などの障害物に靴先をぶつけたり、引っかけたりしてつんのめることが原因でそうなる。

里村の場合、砂礫が靴底を滑らせる〝石車《いしぐるま》〟や、濡れた木の根に足を取られた。慣れていたら、倒れる前に両手のストックで体を支えることができるが、里村は三回とも見事に転倒した。多少の打撲はあっても怪我には至らないが、さすがに痛そうだった。そのたびに和洋は振り返り、立ち上がって尻《しり》を払う姿を見ていた。

稜線を歩いていたとき、あれだけ吹いていた風が嘘のように途絶えていた。尾根が風を遮ってくれるためだ。しかしガスは相変わらず濃密で、彼方に見下ろせるはずの御池は白い闇に閉ざされて目視できない。しかも気温が上がったため、レインウェアの中は汗だらけになる。

草すべりを下りきると、やがて白根御池小屋に到着した。疲れた里村のためにも、ここで少し休憩をしようと思った。外テーブルも椅子もすべて雨やガスで濡《ぬ》れていたため、小屋の正面入口の軒下にあるベンチに腰を下ろした。

正午まで一時間以上あったが、ここから先は雨宿りできる場所がないので、少し早めに昼食をとることにした。

出発前、スタッフらが作ってくれた弁当を荷物の中から取り出した。いなり寿司とおむすびのセットに、漬物、ウインナー、鮭の切り身がパックに詰められている。それをふたり、黙々と食べながらパック入りの茶を飲んだ。

小屋の前、ガスが流れる森の木立の中に、いくつかテントが見えている。天気が良くないおかげで登山者の姿は少なかった。

ふいに左手からクマ鈴の音が聞こえ、麓《ふもと》のほうから中年男性ばかりが三名、ザックを背負いながらやってきた。

それぞれが挨拶をしてきて、和洋たちのいるベンチの隣に荷物を下ろす。レインウェアを脱ぎながら、しばし会話をしたあと、ひとりが山小屋の玄関から中に入った。やがて大きなジョッキを三つ抱えて戻ってくると、ベンチで待っているあとのふたりに渡した。

里村が咀嚼《そしやく》していた口を止めた。ベンチの隣で美味《うま》そうにビールを飲む男たちを凝視している。飢えたようなその目つきを見て、和洋はいった。

「断酒されたそうですね」

男たちに聞こえぬよう小声でいうと、里村の目が泳ぎ、そっと和洋を見た。

「やっと二ヵ月ぐらいです。今もときどき飲む夢を見ます」

「依存症だったんですか」

「飲んでいたときは頑《かたく》なに否定してましたけどね」

里村は眉根《まゆね》を寄せ、悲しげに笑った。

六十五にもなって山小屋で働こうと決意した理由は明らかではないが、人生を大きく変える何かがあったことは察することができた。彼にとって、すなわち断酒も決意のひとつだったのだろう。

「だけどお酒をやめて、食べ物の本来の味がわかった気がします。だから、ここでは何でも凄《すご》く美味《おい》しく感じます」

里村がゆっくりと咀嚼しながらいった。「ご飯やおかずがこんなに美味しいって、これまでずっと気づかなかった」

彼の気持ちは和洋にはよくわかる。たしかに登山で疲れていると何でも美味しい。インスタントラーメンでも、山頂で食べるとことのほか美味しい。しかしそれとは別に、都会に暮らしていたときよりも、ここでは食事がずっと身近になったということだろう。

「さっき、スタッフのみなさんがおむすびを握ったり、ウインナーや魚を焼いたり、漬物を刻んだりしているのを見ていました。みなさんの心がこもっているような気がしました。これまで外食をしても、家でご飯を食べても、こんな気持ちになれなかった。食事のありがたさをちっとも実感していなかった。それが当たり前だと思ってました」

「いただきます、ごちそうさまという言葉には、そういう意味があるんでしょうね」

和洋がいうと里村が頷いた。

「ここに来てやっと気づきました。感謝の気持ちが必要だってことに……」

ふいに入口のガラス扉が開き、エプロン姿で箒《ほうき》とちりとりを持った娘が出てきた。白根御池小屋の古参スタッフ、天野遥香だった。

「和洋さん、こんにちは。こんな天気なのに歩荷《ぼっか》ですか」

隣にいる里村の姿に気づいたらしく、目をしばたたいた。「あら……」

里村が弁当を傍らに置いて立ち上がり、頭を下げた。「その節はお世話になりました」

「本当に肩の小屋でお仕事を始められたんですね」

「不慣れで、ご迷惑ばかりをおかけしてます」

ふたりが旧知だと知って和洋は驚いた。

「小屋に登ってきた日、たまたまお目にかかったんです。アドバイスをいただいたりしました」

「そうでしたか」と、和洋は破顔した。

「まさか、里村さんも歩荷を？」

「さすがにまだ無理だと思うので、補助をお願いしようと思います」

　それを聞いて遥香はホッとした顔になった。


　広河原に到着すると、ふたりはその足でヘリポートに向かった。白根御池小屋からのルートを下っているうちに次第にガスも消え、気温が上昇したので、ふたりともレインウェアを脱いで軽装になっていた。

　適度な休憩が良かったのか、里村は思ったよりも元気そうだった。

　山を下りてきた登山者たちは、野呂《のろ》川にかかる吊橋《つりばし》を渡って対岸の野呂川広河原インフォメーションセンターや広河原山荘方面に向かうが、和洋と里村は手前の遊歩道を歩き、支流にかかった短い吊橋を渡って山沿いに下流を目指した。

　右岸の河川敷が広くなった場所がヘリポートだった。

　一部、四角くコンクリートで固められ、そこにランディング指定場所である「H」の白いマークが描かれているが、他は大小の石や砂利、雑草が生える広場になっている。コンクリ基礎のコテージ風倉庫が山側に立っていて、俗にヘリポート小屋と呼ばれている。正面には短いスロープ、シャッターの傍に〈南アルプス市　広河原ヘリポート〉と揮毫《きごう》された看板が取り付けられている。

　和洋が合鍵《あいかぎ》で解錠してシャッターを上げた。狭い倉庫の中に段ボール箱が積み重ねてあり、それぞれに〈肩の小屋〉と太文字のフェルトペンで書かれてある。

「箱を外に出します。手伝ってください」

和洋にいわれ、里村は重ねてある段ボール箱をずらしながら、〈ほうれん草〉〈長ネギ〉〈だいこん〉などと印刷されたものを選び、ひとつずつ表に運び出した。

それぞれの段ボール箱には、太いフェルトペンで重さが書かれてある。たとえばレタスの段ボール箱は大玉が八つ入って約三キロある。ヘリは一度に五百キロまでしか運べないため、こうして合計の重量がすぐにわかるようにしてあるのだ。それをひとつずつ、立てた背負子《しょいこ》に重ねて積んでゆく。

ざっと計算したらしく、里村が驚いていった。

「ぜんぶで四十キロぐらいありますね」

「野菜だけじゃなく、お米も二十キロありますからね」

倉庫のシャッターを下ろして施錠すると、和洋は背負子を担いだ。

里村はあっけにとられた表情で、和洋が背負った荷物を見ている。

「安心してください。里村さんにはいっさいご負担をおかけしませんから」

笑いながらいい、背負子の各ストラップを装着して、体にフィットさせた。

くくりつけた段ボール箱の山。高さは自分の頭をゆうに越える。それを里村が目を開いて見ていた。

「私もここで働いていたら、いつか、こういうことができるようになるんでしょうか？」

いわれて和洋は考えた。

「お歳を考えたら無理かもしれませんが、努力をしてみる価値はあると思います」

「何か取り柄があればいいんですが」

俯《うつむ》く里村に、和洋は微笑みかけた。

「きっとありますよ。あなたを見ていて、一生懸命って言葉を思い出しました」

「え」

「最近の若い人は頭が良くてそこそこ器用だけど、なんていうか腰が軽いんです。自分、自衛隊にいたからよくわかるんですが、何かあれば逃げることをまず考えるんですね。自衛隊時代にも脱走者がいたし、困難にぶつかるたびに、すぐに背を向ける人が多かった。その点、あなたは苦しいことやつらいことがあっても、けっして逃げ出そうとしない」

　里村は激しく目を泳がせていたが、口を引き結んでいた。

「やはり定年退職までお仕事をつとめられただけのことはあると感心しました」

「そうじゃないんです」

　俯いたままいい、里村は目を上げて和洋を見た。

「人生にあとがないと思ったからです。だから、現実逃避をしたかった」

　和洋の顔が少し曇った。「あとがないって？」

「四十年勤め上げた会社を円満退職して、残りの人生を悠々自適に暮らすつもりでした。でも、私には居場所がないことに気づいたんです」

「それで山小屋をご自分の居場所にと考えられたわけですね」

「浅はかだったと思います」

「うちの小屋があなたの居場所にふさわしいかどうかを決めるのは、私やスタッフたちじゃありません。あなたご自身だと思います」

「しかし……」

「人間って、大なり小なり誰かに迷惑をかけながら生きてるわけですから」

「こんな私でもよろしいのですか」

「さっきもいったように、あなたは少なくとも一生懸命だ。私はそこを買いたいです」

和洋はまた自衛隊時代の同僚たちのことを思った。

あそこで学んだのは、結果だけで人を判断してはいけないということだ。人間には能力の差異があるし、得手不得手がある。とかく社会は得点が高ければその人を有能と見なすが、果たしてそれだけでいいのだろうか。

まったく努力をしない成功者と、血のにじむような努力を重ねてきた落伍者《らくご》と、いったいどっちに人間の価値があるのだろうか。少なくとも物事に対してまっすぐな姿勢を保ち、そこに向かっていこうとするベクトルを持った人間を、和洋は評価したいと思う。だからこそ、彼のように自分の人生の暗礁に直面し、逃げようとしない、そんな真摯《しんし》な人間を見捨てたくない。

陸上自衛隊では山野を歩く「行軍」と呼ばれる訓練をしばしば行っていた。

和洋が所属していた部隊では、三カ月の前期教育で演習地内を二十五キロメートル、後期の特技課程では三十五キロ、それも夜間行進訓練が実施される。上下迷彩服に編み上げブーツ。食料や水、着替えが入った十五キロの背嚢《はいのう》および小銃を担ぎ、テッパチと呼ばれる鉄製ヘルメットに予備弾倉入りのサスペンダーなど、装備重量は三十キロになる。

＊

その姿で夜通し道なき道を歩くのである。

二度目の大休止のとき、脱落者が出たという報告を聞いた。和洋は真っ先に円山のことを思った。果たして予想通りだった。

円山は歩き始めから明らかにバテていた。背嚢がどうしてもズリ落ち気味で、仲間や班長に叱られては背負い直す。他の隊員らとの距離を保つことができず、前に接近したり、あるいは遅れがちになったりした。

隊員たちについていた鬼教官、〝ハートマン〟こと田辺一尉がそのたびに駆け寄り、円山を怒鳴りつけた。手を出すことはなかったが、雷鳴のような激しい怒声が、少し離れた場所を歩く和洋にもはっきりと聞こえた。

班長から休止の命令が出され、装備点検、点呼のとき、円山がいないことに班付《はんづき》（班長補佐）の隊員が気づいた。昼間と違って夜間行軍はそれぞれの顔が見えないため、こういう不測の事態がまれに発生する。

班員が引き返したが発見できず、やむなく部隊員全体による捜索となった。たどってきたルートを中心に、方々、手分けをして捜してみたが、円山の姿は見つからなかった。そんな中、和洋はたまたま尾根が切れ落ちた場所に土がえぐれた痕《あと》を見つけた。慎重にライトで足場を照らしながら急斜面をたどって下りた。

思った通り、円山は草つきの斜面の途中、危なげな姿で仰向《あおむ》けに横たわっていた。転落したに違いなかった。意識はあったが、下半身を強打していて動けない状態だった。

和洋は他の隊員を呼ぼうとした。そのとき、円山がかすれた声でいった。

――呼ばないでもらえますか？

和洋は自分の耳を疑ったが、ライトの光輪の中で、泥だらけの円山の顔が切実に何かを訴えていた。その顔を見ているうち、和洋は悟った。脱落者を待っているのは厳罰だった。それも円山ひとりではなく、彼がいる班員全員のペナルティとなる。それがどんな結果になるかを思って和洋は暗澹《あんたん》たる気持ちとなった。

営内の廊下で血まみれになって倒れていた円山の姿が、いやでも脳裡《のうり》によみがえってきた。

とはいえ放置するわけにもいかず、和洋はその場に円山を残し、救援を呼びにいった。

やがて駆けつけた救護班によって円山は運ばれていったが、そのときの彼の様子がいつまでも心に残っていた。泥だらけの顔に血走った目をし、周囲にいる隊員たちをおびえたように見上げていた。

円山は大腿骨脱臼《だいたいこつだっきゅう》という重傷で二カ月の入院となった。そして退院し、部隊に戻された翌月、隊舎の奥にある倉庫の電灯で首を吊《つ》った。

*

ふたりは下りてきたルートを折り返してたどり、彼らの職場である山小屋に向かった。下りに五時間近くかかったが登りはきっともっとかかるだろう。健脚の和洋ひとりなら、たとえ重荷を背負っても、その三分の一ぐらいの時間で楽々と往復できる。しかし山歩きの基本は足の遅い人間にペースを合わせるのが不文律だ。それをせずに足の速い者が遅い者を置き去りにし、パーティ分離となったあげくに遭難が起きるケースは珍しくない。

もともと里村をこの往復山行に同行させた理由は、なるべく多くの経験を通じて山の仕事に慣れてもらいたいことと、若い頃にやっていたという登山の感覚を取り戻してもらいたいという意味もあった。さいわい夏山の最盛期にもかかわらず、この悪天候で山小屋の宿泊客が少なく、小屋のスタッフがふたり、一日仕事から抜けても業務に差し支えはない。

　里村に前を歩かせ、和洋はペースを合わせて後ろをついて登った。

　歩き出して三十分と経たないうちに、やはりバテ始めたらしい。十歩ぐらい進んでは足を止め、猫背になってストックにもたれ、ゼイゼイとあえいでいる。歩調も安定せず、ずっと乱れたままだ。

「歩幅をなるべく小さくするんです」

　後ろから和洋は声をかけた。「無駄な上下動をなるべく抑えて、足というよりも腰で歩く感じです。障害物を越えるとき、大股《おおまた》にならず、回り込むほうがいいです」

「和洋さんはどうしていつもそうやって腕組みをして歩いてるんですか」

　そう訊《き》かれて、自分の腕を見下ろした。無意識にそうしていたが、実は理由があるスタイルだった。

「腕を自由にすると、どうしても体が振られてよけいなエネルギーを使うんです。体軸を安定させて歩いたほうが楽ですし、重たい荷物を背負っているときはなおさらです。だから山岳ガイドの方などは、よくこのスタイルで歩かれてますよ」

「そうなんですね」

「ただ、ビギナーさんにはお勧めしません。腕をフリーにしないと転倒の怖れがありますし、里村さんは両手でストックをお使いですから」

　彼は納得したように頷《うなず》いた。

シラビソの森の中の急登はどこまでも続く。気温が高めで湿気もあるため、和洋も汗だくになっている。

第一ベンチまでたどり着いたので、しばし休憩を取ることにした。

里村はザックを足下に下ろし、ストックを傍に立てて座っている。満面に浮かんだ玉の汗が流れ、無精髭《ぶしょうひげ》が生えた顎《あご》先からポタポタと雫《しずく》になって落ちている。

「若い頃なら、これぐらいはどうってことなかったのに……」

うなだれながら里村がつぶやく。和洋は重荷を担いだまま、傍らに立ち、ペットボトルの水を飲みつつ見ていた。

「高齢者になると、とりわけ足腰の筋肉が急速に退化するそうです。サルコペニアという現象らしいんですが、一種の廃用性萎縮《いしゅく》ですね」

「廃用性……萎縮ですか」

暗い表情になる里村を見て、和洋はうかつに失礼な言葉を選んだと後悔した。

「しかし筋肉はいくつになっても鍛えられますから、里村さんだって大丈夫ですよ。とにかく足腰の筋肉を付けて心肺機能を高めるしかないです」

そうはいったものの、取り繕いの言葉にすぎなかったし、自分自身へのごまかしのようなものだ。知ったかぶりに安易なことをいった自分を、和洋は密《ひそ》かに恥じた。

「和洋さんは、そんなに重たい荷物を背負って、ぜんぜん休憩を取らないんですか」

ふいに訊かれ、今度は少し言葉を選んで口にした。

「歩きながら休んでます」

意味がわからなかったようで、里村が目をしばたたいた。

「小さい頃、登山中にうかつに休んでると親父に叱られました。止まるな。歩きながら休むんだ。一歩のところを半歩の動きで歩けば、それだけ前に進めるし、時間が稼げるだろうって」

「過酷ですね」

「だけど、だんだんとコツがわかってきました。歩き方をわざと変えているんです」

「歩き方を……？」

「人間の体の筋肉のうち、七十パーセントぐらいが下半身にあるといわれてます。だから、ひとつところの筋肉ばかりを使って酷使せず、別の筋肉を使うようにして歩きます。もちろん休むこともありますが、そのときだって完全に立ち止まらず、少しずつでいいから左右の足を出して歩いてます。自衛隊の訓練で習った長距離偵察の歩行術なんです」

「自衛隊って、さぞかし厳しかったんでしょうね。どうして入られたんですか」

これまでいろんな人からそれを訊かれるたびに、自分を鍛えてみたかったなどと通り一遍な言葉を返してきたものだった。

「親父に逆らいたかったんですね」

どうしたことか、正直な言葉が口を突いて出た。

「お父さんに？」

思わずとろけたような苦笑いを浮かべ、和洋は頭を掻《か》いていた。

「端《はな》っから私が山小屋を継ぐものだと親父は思ってましたからね。勝手に人生を決められたくなかったんです。だから半ば衝動的に陸上自衛隊に飛び込みました。いろいろ勉強になったし、鍛えられもしましたから結果オーライだったんですが」

子供の頃から山が好きだった。

父親に手を引かれ、初めて北岳に登ったのは六歳——小学一年のときだ。以来、毎年のように父の後ろ姿を見ながら肩の小屋まで登ってきた。

父は健脚で、とにかく足が速かった。一般の登山者の数倍の速さで山を歩くことができた。あとで、体力だけではなく、この山のルートのすべてを知り尽くしているからだと理解した。道々、どこにどう足を置けばいいか、どう障害物を越えるかを体が覚えるほど、何度も登山と下山を繰り返しているから、無駄がまったくなかったのである。

そんな父につき従って歩くのはあまりにつらかったし、山小屋の生活もとくに楽しかったわけではないが、だからといって山が嫌いになったことは一度もない。幼い頃から、幼稚園のジャングルジムに登り、木登りをし、屋根の上にも当然のように登って遊んでいた。上昇志向ならぬ上方志向が、その頃から備わっていたのだろう。

そのためか、自衛隊にいた時分はとかく山のことばかりを考えていた。訓練で駐屯地を離れて野山に分け入ったときは、まるで自分の庭のような気がし、懐かしさと解放感を味わったほどだ。二年の任期で除隊したのは、自衛官という職業が自分に不向きであると悟ったこともあるが、何よりも山に帰りたかったからだ。

久しぶりに山小屋に登ってきた息子を見て、父はかすかに笑みを浮かべただけだった。つまりすべては父の大きな掌《てのひら》の上だったということだ。

「そろそろ行きましょうか」

思いを払うように、和洋がいった。里村が黙ってベンチから立ち上がった。


白根御池小屋まで戻ってきたとき、周辺が騒がしいことに気づいた。

山小屋の向こうにある山岳救助隊の警備派出所の前、ちょうど和洋たちとは逆方向から、数名が足早にやってくるのが見えた。赤とオレンジの派手なチェック柄のそろいのシャツを着た山岳救助隊員たちだった。ヘルメットをかぶり、レスキューザックを背負った彼らは、手分けをしてふたつの担架を保持していた。

和洋は足早になって近づいた。里村が息を弾ませながら追いかけてくる。

ふたつの担架はいったん山小屋の前で下ろされた。それぞれ男性の登山者が横たわっている。ひとりは顔に斜めに包帯が巻かれ、鮮やかな血の色に染まっていた。もうひとりも意識を失っているのか、ぐったりした様子で目を閉じて横たわっている。

里村が凝然とした様子で見つめて立ち尽くしている。

山小屋の正面入口の扉が開き、スタッフたちが数名、飛び出してきた。中には天野遥香の姿もあったが、ただならぬ様子で和洋たちに目もくれず、全員でふたつの担架を囲むように立った。担架を搬送してきた隊員たちは、小屋のスタッフらからペットボトルを受け取り、しきりに水を飲んでいる。

「事故ですか？」

和洋が声をかけると、救助隊員たちが振り向く。若い女性も二名ほど交じっている。

そのうちのひとり、小柄な隊員がいった。

「大樺沢《おおかんばざわ》で落石があって、登山者二名が巻き込まれました」

星野夏実《ほしのなつみ》といって、隊に常備された山岳救助犬のハンドラーでもある。

担架に乗せられた要救助者たちは、どちらも意識はハッキリしているようだ。しかし、包帯を顔に巻いた男性は、石を頭部に受けたのだろう。明らかに重傷である。本来ならば救助ヘリが飛んで現場から病院へ搬送するべきだが、あいにくの悪天だし、ガスで視界も悪かった。このまま担架で麓《ふもと》まで搬送することになる。

「何かお手伝いできることは？」

「要員は足りているので大丈夫です。このまま広河原まで下ろします」

返答をした髭面《ひげづら》の男性は江草恭男《えぐさやすお》隊長。派出所長なので隊員たちからはハコ長と呼ばれている。

ふたりが会話を交わしているうちに、隊員たちが次々とまた出発した。

登山者たちを横たえたふたつの担架を担ぎ、隊員たちが山小屋の前を通り、下山路に向かっていく。歩きではなく、ほぼ全力疾走に近い速度である。彼らの姿がどんどん小さくなり、山靴の音が乱雑に重なりながら遠ざかっていく。

それを茫然《ぼうぜん》とした様子で、里村が見送っている。

「悪天で荷揚げが止まって大変ですね。歩荷《ぼっか》、ご苦労様です」

江草隊長が髭面を歪《ゆが》めて笑いながら里村を見た。「ところで、肩の小屋の新人さんというのはあなたですね」

「なにぶん不慣れなもので、いろいろとご迷惑をおかけしています」

しどろもどろな感じで里村がいった。要救助者を見たせいか、妙に緊張した様子だ。

「あの……先ほどのおふたりは大丈夫なんでしょうか」と訊《き》いた。

「ひとりは落石による肩の骨折。もうひとりは頭部裂傷ですが、どちらも命に別状はないと思います」

こともなげな江草の返答に里村は驚いている。

とりわけひとりは包帯を顔に巻き、血まみれだったから、ショックを受けたのだろう。人間の頭の表皮は小さな血管が集まっているため、裂傷の場合、出血量が驚くほど多いものだ。

「では、我々は小屋に戻ります」

江草に頭を下げ、和洋は荷を背負ったまま歩き出した。

里村があわてててついてきた。

草すべりの急登を時間をかけて登った。ジグザグに折れる急斜面の登山ルートをふたりはゆっくりとたどってゆく。

大きな荷物を背負った和洋の前を、里村が猫背気味に歩いている。ハアハアと苦しげに息をしてはいるが、意外にバテている様子がない。足取りは明らかに以前よりもしっかりしていた。和洋が教えたように、歩幅を狭くして小刻みにステップを刻み、体をなるべく上下させないように歩いている。そのリズムをつかんだのだろう。足取りがおぼつかなかった下りよりも、明らかに歩みが速くなっていることに驚く。

休みたくなると里村は自分で足を止める。草すべりを登り始めて、三度目の休憩だった。ダケカンバの森が途切れ、木の間越し、左手に北岳の絶巓《ぜってん》がガスの合間に見えている。

里村はタオルで汗を拭《ふ》き、ザックを下ろしてペットボトルを引っ張り出し、喉《のど》を鳴らして飲んでいる。顔色は良く、苦しげな表情もしていなかった。

空は相変わらずどんよりと曇り、北岳の頂稜《ちょうりょう》や付近の山々はすっぽりと鉛色のガスに呑《の》み込まれていた。周囲の木立の合間を縫うように、不定形生物のようなガスがゆっくりと下から這《は》い登ってくる。ときおり風が吹き上げ、枝葉が不安げに音を立てて揺れた。

里村は何か深刻な考え事をしているふうに見えた。

「どうされました?」

「さっきの、怪我された方たちのことが、どうしても頭を離れません」

片手にペットボトルを持ったまま、遠くを見ながら彼がつぶやいた。「山って……想像以上に怖い場所だってこと、すっかり忘れてました」

「北岳は三千メートル峰ですからね。それだけ危険な世界ということです」

和洋は垂れ込めた雲を見ながらいった。「毎年、お亡くなりになる人がいるし、怪我人はもっと多い。いくら自分で注意を払っていても、さっきの人たちのように思わぬ落石に巻き込まれることだってあります」

「和洋さんら山小屋の人たちも、ひとたび事故があったら救助に向かうんですよね」

「人の命がかかってますから。何をさておいても駆けつけます」

「二重遭難とかの危険もあるじゃないですか。それも仕事のうちなんですか？」

「そうです」

「救助隊の方々なら職務として理解できるんですが、宿泊業である山小屋の人がどうして登山者の救助を？　何か、コンプライアンスの問題とか？」

「いや」

和洋は遠くを見ながら考えた。「コンプライアンスは関係ありません。もっと純粋な動機だと思うし、よくわからないけど、山のルールみたいなものでしょうか」

「ルールですか……」

「そもそも、うちの山小屋って祖父が遭難救助をするために建てたんです。北岳の事故って、山頂付近で起きることが多いですからね。だからどっちかっていうと、客商売よりも、本来はそっちが本業だったのかもしれません」

「そうだったんですか」

「山って特別な場所なんですよ。地位も名誉も経歴も関係なく、ここに来ればひとりの人間です。登山者のみなさんは、それぞれがひとつの大切な命を背負って登ってこられるんです。その命をお守りするのは、山に生きる者にとって当然の務めのような気がします」

和洋はいつしかまた父のことを思っていた。

遭難の連絡が飛び込んでくるたび、何はさておき押っ取り刀で小屋を飛び出していく父の後ろ姿を、和洋はずっと見てきた。今は自分がそれをやっている。誰に強要されたわけでもなく自然とそうなっていた。

「子供の頃、よく特撮やアニメとかのヒーロー番組を観てました。あの頃は純粋に正義というものを信じてた。今の自分はその延長線上にあるんだと思います」

「正義の味方、ですか？」

あっけらかんといわれ、和洋は少し恥ずかしくなって笑った。

「ま、そこまで恰好《かっこう》よくはないけど、でも、たしかに我々は山という聖域を守っているんです。だから、ここで悲劇や悪事があってはならない。誰かが怪我をしたり、死んだり、山を汚すようなことがあってはいけない」

里村は口をつぐんだまま、じっと和洋の言葉に耳を傾けている。

「私はもともと無宗教だし、パワースポットとかいうものも信じないほうなんですが、それでも山に登れば心が癒《い》やされ、魂が純粋になるような気がします。だから悩みから解放されたり、活力を得たりして、みなさん下山されるんです。里村さんもおそらく心のどこかでそれを期待して、北岳に足が向いたんじゃないでしょうか」

「何だか、それって素敵ですね」

　里村がポツリといった。「和洋さんも、それに小屋で働くみなさんの誰もが生き生きとしている、その理由がちょっとだけわかったような気がします」

「あなたもきっとそうなりますよ」

「だったらいいんですが」

「もっと自信を持ってください。里村さんを見ていると、私もいろいろと勉強になります。父があなたを引き留めたのは、つまりそういうことかもしれませんね」

　和洋がいったとき、南の空が白く光り始めた。頂稜にかかっていたガスがゆっくりと流れ、北岳の主稜がくっきりと見えている。風は途絶え、周囲の森は静まり返っていた。

「そろそろ行きましょうか。小屋まであと少しです」

　ふたりでまた歩き出した。

　小太郎尾根に到達し、稜線に刻まれた登山路を歩いているうち、周囲の景色がだんだんと鮮やかさを取り戻してきた。和洋が頭上に目を向けると、いつしか雲間が切れている。日没直前になって、空全体が明るくなってきているようだ。このぶんだと天気は回復するかもしれない。
二、三日は降りそうだといった父の観天望気だが、珍しく外れることもある。だとすれば、明日まで待てばヘリの荷揚げもできただろうが、里村とともに往復したこの歩荷が無駄な行為だとは思えなかった。
ふと西の空に目を転じると、朱色に染まった雲の切れ目から落ちる無数の光が、まるで幾筋ものスポットライトのように平行して延び、遠い山肌に落ちている。

「里村さん。あれ」

歩を止め、和洋が声をかけた。

前をゆく里村は振り向き、それから和洋が指差す空を見つめた。雲間から幾重にも並んで落ちる光の直線が、さながら自然の芸術のように見えた。その光が束になって落ちる山肌が燦然《さんぜん》と輝いていた。

「きれいですね」

「ご存じかもしれませんが、あれは〝天使の梯子《はしご》〟っていわれてます」

里村は口を半開きにしたまま、憑《つ》かれたようにそれを見ていた。

「……天使の梯子、か。いい言葉です」

つぶやく里村の横顔が、少しばかり明るく見えた。

第三話　名残り花

小林雅之は外ベンチに腰を下ろし、左の膝頭《ひざがしら》を掌《てのひら》でゆっくりとさすりながら、重なり合ってどこまでも続く雲の彼方《かなた》にうがたれたような、富士の青いシルエットを見ている。

箒《ほうき》を使う音がしていた。

頭にバンダナを巻き、エプロン姿の大下真理がひとり、小屋の入口を掃除している。その姿にいつもの慌ただしさはない。

午前九時。

客の朝食と送り出しが終わり、館内の掃除も終了して、次の客たちを迎える準備もできた時刻である。山小屋のスタッフたちがホッとできるつかの間のひとときだった。このときばかりは静かな山を堪能《たんのう》できる。

膝《ひざ》の痛みはこのひと月、だんだんとひどくなってきた。

かかりつけの整形外科の医師からは典型的な変形性膝関節症《しっかんせつ》だといわれている。膝の軟骨がすり減って、骨同士が接触している。思い切って手術でもしないかぎり、自然と治ることはないらしい。だから麓《ふもと》に下りるたび、ヒアルロン酸を注射してもらい、ごまかすように痛みを緩和させていた。

それにしても年齢を感じる。若い頃はこんな悩みはいっさいなかった。あの頃、自分の前には無限に広がる世界があった気がしたものだ。

父の寛郎はかつて〝北岳仙人〟と呼ばれていた。この山のあらゆることを熟知し、恐ろしく健脚で、七十キロの荷物を独りで担ぎ上げ、大勢の遭難者を救助し、やがてこの山小屋を造った。当時はヘリによる荷揚げなどなく、すべて人力だった。息子の雅之も有志らとともに資材を担ぎ上げたりして手伝ったが、いちばんの功労者はやはり寛郎だった。

その父も次第に衰え、とうとう山に登れなくなった。

未練はないと笑っていい、毎日のように家の農地で畑作をしていたが、病を得て、二十年前に亡くなった。享年八十二だった。今の雅之と五年しか違わない。そんな父のことを思いながら、雅之は痛む膝をそっとさすり続ける。

父は文字通り、北岳とこの山小屋に命を捧《ささ》げてきた。にもかかわらず、年老いて山に登れなくなると、きっぱりと北岳に背を向けた。そんな潔《いさぎよ》さが自分にはなかった。こうして息子の和洋に代を譲っても、いつまでもここにいてしまう。

だからなるべくあれやこれやと指図をせず、和洋の好きなように山小屋を運営させようと思った。

里村乙彦が小屋の裏側から出てきた。大きなポリエチレンのゴミ袋をビニール手袋をはめた両手で抱えながら、入口へ向かおうとする。途中、雅之と目が合って小さく頭を下げたので、彼は黙って片手を上げた。

小屋に来た頃、里村は毎日が死に物狂いだったようだ。いつも目がオドオドしていて、落ち着きがなく、顔色が悪かった。最初の一、二週間は立っているのが精いっぱいのようで、よく壁に凭《もた》れて虚ろな目で呆《ほう》けていた。

もともと手先を使う仕事が苦手らしく、料理が不得手だった。今でも包丁の使い方は相変わらずぎこちないし、ご飯を炊かせると水と米の配分を間違える。魚や卵焼きを焦げ付かせてしまう。混み合うときは狭い厨房《ちゅうぼう》のテーブルいっぱいに並べた大量の皿にそれぞれ盛り付けをするが、その均等配分がうまくできなかったり、ご飯や味噌汁《みそしる》をよそうときにこぼしたりする。

週末など混み合った客たちが食事をするときなどは、狭い厨房は一種のパニック状態になっているため、そうした仲間の足を引っ張るミスは周囲のストレスを招く。

これまで大勢のアルバイトが山小屋に来ては去って行った。中には三日と保たずに夜逃げするように抜け出して去って行った者もいた。しかし里村はどれだけつらそうでも、ここから去ることだけはしない。

下界で何があったか、よくは知らない。しかし思えばあの歳で、わざわざこんな山小屋で働こうというのだから、よっぽどの事情なのだろう。

そんな里村にもたしかに取り柄はあった。

ハイシーズンである夏場、とりわけ土日は宿泊が混雑する。ここ肩の小屋は近隣の山小屋と違ってネット予約をしておらず、電話での受付のみとなっている。そのため予約が入る都度、日程や部屋割りなどを決めて調整をしなければならない。

基本的に相部屋での宿泊となるが、見知らぬ男女同士がなるべくひと部屋にならないように部屋割りをうまく調整する。あるいは早立ちの客とゆっくり泊まれる客を別々の部屋に振り分ける。若いスタッフはそういう細かな作業が苦手なところがあるが、里村に任せてみると、スムーズにこなすことができた。

食事時に混み合った際のテーブル案内も、里村はパーティの客と個人の客を適正に振り分けて、それぞれのテーブル席に案内している。

そうした対人の仕事をうまくこなしているのは、おそらく経営マネージメントをしていたという前職のおかげだろう。すなわち里村に関しては厨房業務よりも接客の仕事のほうが得意なようだと和洋はいう。

雅之も「働いてみるか」と声をかけたからには、ずっと気にしていたし、なんとかベテランスタッフたちの中でやっていけそうな案配で、少しホッとしていた。

小屋の正面入口の扉が開いて、和洋が出てきた。半ズボンにランニングシューズという軽装だからすぐにわかった。息子の恒例の行事だ。

「今から行くのか？」

「父さん。これをまたよろしく」

息子から腕時計のようなツールを渡された。Apple Watch とかいうものだ。ところが何度使っても、また操作の仕方を忘却している。

「画面がタイマーモードになってるから、そこを押せばいいよ」

和洋に習い、頷《うなず》いた。

やがて男性スタッフ二名が戸口から姿を現す。米田《よねだ》と飯窪《いいくぼ》といい、スタイルが良い二十代の若者たちだ。ともに体育大の同期出身だが、現在は無職。よくある話だが、山が好き過ぎて社会人になれないコンビだった。

全員が小さなデイパックを背負っている。それぞれ手や足を伸ばして屈伸運動をし、トントンと軽くジャンプしてから、スタンディング・スタートのポーズを取った。

「スタート！」

和洋の声とともに、雅之は Apple Watch のタイマーを動かす。

三人がいっせいに地面を蹴《け》って走り出し、小屋脇の狭い通路を駆け抜けて登山路へと向かう。ベンチから立ち上がり、見上げていると、たちまち主稜《しゅりょう》の中央に延びるルートを三つの姿が素早く駆け上がっていった。

後ろから足音が聞こえ、振り向くと、空のポリ袋を持った里村が戻ってきた。

「和洋さんたち、また〝山頂ダッシュ〟ですか」

雅之が笑った。「たまにあれをやらんと、体がなまるんだそうだ」

ここ肩の小屋と北岳山頂との標高差は二百メートル近い。片道での一般的なコースタイムが五十分の距離を全力疾走し、山頂の標識をタッチして戻ってくる。それを〝山頂ダッシュ〟と呼ぶ。頂稜付近に登山者がいない、この時間ならではのイベントだ。彼らは十五分から二十分という驚くべき短時間で往復してしまう。和洋が出した最短記録は十三分で、未《いま》だにそれを超える者がいない。

ふたりで見上げていると、三人の姿はすでに直登ルートを過ぎて見えなくなっていた。

「若いっていいですね」

山頂を見ながら里村がつぶやいた。「私にはとうてい……」

「若い頃は若いなりの山があるし、歳を取ればそれなりの山があるよ。何も無理をしなくてもいいさ」

「そうでしょうか」

「この前、和洋と歩荷《ぼっか》の往復をしたろ。きつかったか」

「さすがにきつかったです。荷物は和洋さんに任せっきりで、下りも登りも私は空荷だったんですが」

「素人が歩荷をやるもんじゃない。体が山を覚えてなじんでからだ。何度も行き来をしているうちに無駄な動きがなくなる。そうなってからだな」

「和洋さんからも、そういわれました」

「だが、ときには人生に無駄も必要だ。あんたにも、そのうちわかってくるよ」

里村がかすかに眉根《まゆね》を寄せ、複雑な表情になった。

「どうだい。ここに来て、まだ一度も北岳の頂上を踏んでないんだろう？　度、あそこに立ってみちゃどうだね」

雅之が指差す頂稜を里村が見た。ふっと眉根を寄せた。

「やめておきます」

「二百メートルの高低差だ。ゆっくり登れば行けるよ」

「私、ここに働きにきたんです。だから、頂上なんて……」

里村は険しい顔のままで唇を嚙《か》んだ。

雅之が微笑み、彼の肩を軽く叩《たた》く。トントンと、二度。

それから十分と経たないうちに、岩場と砂礫《されき》を踏む乱雑な音がかすかに聞こえてきたかと思うと、頂稜の急斜面を、和洋たち三人が駆け下りてくる姿が小さく見えた。それぞれの足下に白く土煙が立っている。

＊

八月に入り、夏山の最盛期になっていた。

数日続いた晴天のおかげで気温が上昇し、標高三千メートルの小屋の周辺でも二十度を超していた。

雅之は三谷真治《しんじ》とともに、小屋裏にある倉庫の屋根に登り、ペンキ塗りをしていた。

三谷は顎《あご》下に生やしたチョビ髭《ひげ》がトレードマーク。ガリガリに痩《や》せて日焼けした顔がやけに老けて見えるが、仙台《せんだい》の大学に通う十九歳の青年で、小屋のバイトはふた夏目だ。山登りといってもクライミングが好きで国内あちこちの岩山を登り、今は北岳頂稜直下にあるバットレスという標高差六百メートルの岩壁をソロで登るのが目標らしい。

山小屋の建物の耐用年数は平地の半分以下だといわれる。毎日、過酷な風雪と強烈な紫外線にさらされているからだ。防水や防風対策はもちろん、雪国の積雪対応の建築材の二倍から三倍ぐらいの量の材を使う。当然、それらのメンテナンスも重要となる。だから、山小屋の外仕事は日々欠かせぬ作業だ。

ふいに足音がし、川島知佳が走ってきた。赤毛に染めたショートヘア。白いTシャツの上に青のスウェットをはおった小柄な娘である。倉庫の前で立ち止まると、下から声をかけてきた。

——御池の救助隊から緊急の無線です。

雅之はピンと来た。

山小屋には二種類の無線がある。業務用と遭難対策用だ。

毎日二回、朝夕に山小屋同士の定時無線が交わされる。これが業務用で、天気のことや登山者の宿泊および移動状況、そのほかの連絡が伝えられる。遭対無線は文字通り、山岳遭難の救助の連絡用である。各山小屋の他、御池にある救助隊の警備派出所や、野呂川広河原インフォメーションセンター、南アルプス警察署などと通信を行う。

御池の救助隊からであれば、間違いなく遭難の報告だ。

「すぐに行く」と、雅之が手を挙げて応《こた》えた。

「多忙なときに大変ですね」

三谷が曇った顔になった。

「仕方ない」

雅之は軍手をはめた手で額の汗を拭《ぬぐ》った。「悪いが続きを頼むよ」

三谷にペンキ塗りの作業を任せて、ひとり立てかけた梯子《はしご》を伝ってスルスルと下りていく。早足に山小屋の正面入口から飛び込み、帳場に入った。架台から外されて棚に置かれた無線のマイクを取った。

「雅之です。お待たせしました」

雑音がして、若い女性の声がスピーカーから聞こえた。

――こちら救助隊の神崎《かんざき》です。たった今、本署から救助要請の報告が入りました。〝要救〟の男性は頂上直下の岩場から西側へ二十メートルぐらい滑落、足を負傷し、自力歩行ができないようです。名前は竹上敦史《たけがみあつし》さん、都内目黒《めぐろ》区在住で四十九歳。中肉中背。オレンジのTシャツに青のズボン、四十リットルのザック。登山歴およそ二十年。本人からの一一〇番通報を本部受理、本署経由で当隊あてに回ってきました。

マイクを持ったまま、雅之は帳場の窓越しに外を見た。ここから近い現場だ。

「了解しました。ただちに救助に向かいます」

――あの……和洋さんは？

「あいにくと、今朝から小屋の下のほうで道普請《みちぶしん》してるところですので、私とスタッフが行きます」

息子の和洋は登山道整備のため、米田、飯窪のスタッフ二名とともに早朝から小屋を出て作業に下りていった。戻ってくるのは夕刻の予定だ。携帯で呼べば駆けつけてくるだろうが、それでも時間はかかる。

――こちらも四名、派出所を出発して山頂に向かっているところです。おっつけ合流できると思います。

「了解。よろしく」

通信を切った。

救助隊員たちの駿足《しゅんそく》ならば、警備派出所から山頂まで七十分ぐらいだろう。ちょうど窓の外、登山路を上ってくる数名の人影が見えた。腕時計を見ると、そろそろ登山者たちの第一陣が到着する頃だった。

雅之はとっさに厨房《ちゅうぼう》に声をかけた。「誰か、帳場を頼むぞ！」

厨房から出てきたのは里村だった。雅之のあわただしい様子に驚いている。

「どうしたんです」

「上で事故だ。これから救助に向かう。篠田と……それから大川《おおかし》を呼んでくれるか」

「ふたりともヘリポートの整地をしてます」

狼狽《うろた》えた顔でいう里村の脇から大下真理が出てきた。

「私が呼びに行ってきます！」

小柄な体で素早く表に飛び出していった。こういうときはすべてをわかっている慣れたスタッフが頼もしい。

雅之のレスキューザックやヘルメットは和洋のそれとともに、帳場の壁にかけられている。それを急いで取った。滑落と聞いたのでハーネスやザイルも必要なはずだ。もちろん担架もいる。

「救助隊はこちらへ？」と、里村が訊《き》いてくる。

ザイルの束をザックに取り付けながら、雅之が振り向いた。

「もちろんだ。御池の派出所から山頂の現場までは時間がかかる。うちからならすぐだ」

そういってニヤッと笑った。「だから、親父がここに山小屋を建てたんだよ」

足音がして、篠田が大きな体を揺すりながら走ってきた。後ろに大川清孝《きよたか》がいる。真理もあとからやってくる。

「事故ですか」

雅之は篠田を見ていった。「頂上近くで男性が滑落らしい。担架を用意してくれ。とっとと出発するぞ」

ふたりは返事もなく、〈STAFF　ONLY　立入禁止〉と書かれた扉を開き、走っていく。

「和洋さんに連絡は？」

真理に訊かれ、雅之は少し考えた。

「いや。伝えんでいい。俺らで何とかやってみるさ」

篠田たちがザックを抱えてやってきた。雅之は真顔に戻り、小屋の外へと飛び出す。


事故現場を捜索する必要はなかった。

この山を知り尽くしている雅之は、山頂直下で滑落したと聞くと、おおよその場所を特定できる。危ないところが数ヵ所あり、とりわけ山慣れした男性が足を踏み外すのはそのうちの三ヵ所ぐらいだ。要救助者は登山歴二十年だと聞いていた。

篠田と大川は古株スタッフで山の実力もある。ともに黙って雅之に従って走る。

両俣分岐《りょうまたぶんき》を越して次の急登にかかり、ひとつピークを越した場所で彼らは足を止めた。

思った通りだった。崖下《がけした》に横たわる人の姿が小さく見えている。

「ここって……マッキさんが落ちたところですよね」

隣に立つ篠田が遠慮がちにそういった。雅之は無意識に唇を嚙みしめていた。

マッキさん――松木悟《まつきさとる》。もちろん忘れることはできない。肩の小屋のメインスタッフのひとりだった。

記憶がよみがえってきたので、雅之はそれを振り払う。

眼下の要救助者の様子を確認した。オレンジのロングスリーブTシャツに青いズボン。中肉中背。無線の報告の通りだった。本人はかなり斜度のある岩場に、危ういかたちで俯《うつぶ》せになって引っかかっている。

「二十メートルって聞いたが、その倍は落ちてるな」

雅之がつぶやいた。

「動いている様子がありませんが」

大川が険しい顔でいった。滑落の距離や岩場の状態から推測すると、かなり重篤《じゅうとく》な状態か、あるいは亡くなっている可能性がある。しかし要救助者自身が携帯で警察に通報してきたというではないか。

「声をかけてみますか？」と、篠田。

「ここは刺激しないほうがいい。下手に動かれると、あそこからまた滑落する可能性がある」

今一度、周囲の状況を確認した。ヘリ搬送するにしろ、足場の安定した場所まで担ぎ上げたほうが良さそうだと判断し、篠田たちにそういった。

大川がトランシーバーで救助隊と交信をし、報告してきた。

「救助隊の到着まで、あと三十分ほどかかるそうです」

「待ちますか？」

篠田の声に雅之は眉間《みけん》に皺《しわ》を刻む。

「いや。待っている時間はない」

ザックを足下に下ろすと束ねたザイルを大川に渡した。「解《ほど》いてくれんか」

ハーネスを付ける雅之を見て、篠田が困惑した顔になった。

「……おやっさん。ここは、俺たちが行きます」

彼の顔を見つめ、少し途惑ったが、雅之は苦笑いを浮かべた。「そうか」

篠田が手早くハーネスを腰に装着し、懸垂下降の用意をする。大川がザイルを解いている間、雅之は手近な岩場のクラックにハーケンを打ち始めた。二カ所、しっかり打ち込んで、それぞれにカラビナを装着し、アンカーを構築する。

そうしているうち、何人かの登山者が好奇の目で彼らを見ながら、傍を通過していく。ふつうならば、こんな場所から下を覗《のぞ》き込むことはないから、崖下に人が滑落しているとは気づかない。要救助者がよほど大声を出せば別だが、この状況では望むべくもない。

篠田は雅之から渡されたザイルをエイト環に通し、ハーネスに結着し、アンカーにザイルをつなぐと、一端を崖下に落とした。十・三ミリ径のザイルは五十メートルの長さがある。ワンピッチで余裕で下まで届く。

篠田は自分の装備と岩場のアンカーを念入りに確認し、ふたりに合図をして懸垂下降を始めた。

一直線に伸びたザイルが震え、篠田が急斜面で両足を蹴《け》るようにして要救助者のいるほうへと下ってゆく。大きな篠田の体を一本のザイルが支えている。無事に下まで到着すると、続いて大川がハーネスのカラビナにザイルを通した。同じように懸垂下降を始めた。

岩場に片手を突きながら見下ろす雅之は、無意識にもう一方の手で悪いほうの膝頭《ひざがしら》をさすっていた。スムーズに下降する大川の姿を見送りながら、今の自分はあんなに鮮やかにクライムダウンができないことを実感していた。

それにしても——と、雅之は思い出し、眉《まゆ》をひそめた。

よりにもよって、まさしくここはあいつが落ちた場所だ。

＊

松木悟はもともと古い常連客のひとりだった。

五十代。小柄で小太り。丸顔にいつも温和な笑みをたたえて人なつこく、肩の小屋のスタッフたちからも人気があった。夏山シーズンが始まると、必ずひとりで登ってきては何泊かしていく。天気が良くても頂上に向かわず、小屋に停滞することがあった。

つまり北岳といっても山小屋の宿泊が目的で、もっと具体的にいえば、小林雅之や篠田たち古参のスタッフらと酒を酌《く》み交わすために、わざわざ三千メートルの山小屋まで足を運んでいたのだった。だからいつも、日本酒の一升瓶をザックの雨蓋《あまぶた》からはみ出させていたり、ウイスキーを何本も担ぎ上げてきたりした。

職業が大工だったため、ちょくちょく小屋の補修などを手伝っていたが、そのうち若いスタッフを仕切るようになり、いつしか自然とスタッフのひとりになってしまった。

息子の和洋も、鉋《かんな》のかけ方や鑿《のみ》の使い方などを松木から習い、仕込まれた。

まるまる三年、松木は常連スタッフとして働いてきた。六月の山開きとともに小屋に入り、あれこれと小屋の仕事をし、十月下旬の小屋閉めとともに下山する。本業の建築業はオフシーズンとなる冬の間だけやっているという。

オヤジギャグと駄洒落《だじゃれ》が大好きという陽気で朗らかな性格で、他のスタッフたちや常連の登山者たちからも、マッキさんと呼ばれて親しまれていた。体力があり、人当たりが良く、山小屋のスタッフとしてはかなり有能だったが、ゆいいつの欠点は酒飲みであること。

誰よりも飲酒量が多く、ときにはへべれけになる。それでも他人に絡んだり、羽目を外したりといった酒癖の悪さはなく、翌朝は午前三時に起き出してきて、何ごともなく仕事を開始した。つまるところ酒に強かったということだろう。しかしながら、毎晩のように浴びるほど飲んでいる姿に、雅之も和洋も心配の視線を向け、体を壊すから酒を控えるようにと、たびたび声をかけた。

——私は太く短く生きるつもりなんですから。

松木の口癖だった。それを聞くたび、雅之は苦笑を見せた。

――あんたの人生のどこがそんなに太いんだい？

そう返すといつだって松木はむくれたものだ。

自分のことをほとんど話さない男だったが、それでも彼は酒に酔ったいきおいでポッポッと打ち明けたことがある。父親の代から受け継いだ建築会社をやっていたが、有能な建築士や職人の多くを大手の建設会社に引き抜かれてしまい、五年と経たずに没落したという。会社をたたみ、個人で建築の仕事を受けていたそうだ。ストレスも多く、いやでも酒の量が増えていったらしい。

酒以外のゆいいつの楽しみが、若い頃からやっていた登山だった。自分は山に救われているといつもいっていた。だから山に酒を担いできては小屋で飲んだ。肩の小屋はもっとも居心地がいいのだと松木はいった。

三年前、なぜか彼は六月の山開きが過ぎても小屋に姿を現さなかった。連絡も取れないから気になっていたが、そのうちハイシーズンの小屋の忙しさにかまけて松木どころではなくなっていた。

ところが九月末になって、彼はひょっこりと小屋に登ってきた。

おかしなことに、いつものように大量の酒を持参せず、軽装で現れると、人なつこい笑顔で頭を掻《か》いた。

――病気になっちゃいました。

その言葉を聞いて雅之たちは声を失った。

体型も別人のように痩《や》せていた。

肝臓癌だという。もともと脂肪肝から肝硬変に移行していたようだが、それが癌化したらしい。リンパ節に転移してステージ4と医者から告げられた。だから、おそらくこれが最後の北岳になるだろうと、マッキさんは悲しげに笑った。

——マッキだけに末期癌ですよ。いやぁ、参りました。

いつもの駄洒落を明るく飛ばしながらも、目が笑っていなかった。

医者に勧められた抗癌剤の投与を拒否し、延命治療を断ったそうだ。どうせ家族もいない天涯孤独の身だし、下手に抗《あらが》っても仕方がないという。そんな重篤な病気を抱えながら、三千メートルの小屋まで登ってきたのである。さぞかしつらかっただろうと雅之は胸塞《ふさ》がる思いであった。

しかしそれからの数日、松木が病気であることを周囲が忘れるほど、いつもの明るい彼だったし、相変わらず下手なオヤジギャグと無理やりな駄洒落を繰り返しながら、小屋でくつろぎ、たまに仕事を手伝っていた。

ただ滞在中、ずっと酒を口にしなかったのは、やはり自分の病身を気遣ってのことだったのだろう。それがいよいよ山を下りるという前の晩、彼は飲んだ。缶ビールをふたつ空けると、いつものように焼酎《しょうちゅう》を飲み始め、へべれけになるまで酔っ払った。

これきりきっと北岳には登ってこられない。だから、松木なりの山とのお別れなのだろうと雅之たちは思っていた。

ところがその翌日――。

松木はぷいと姿を消した。

ザックも登山靴もなく、泊まった部屋もきれいに片付けられていたため、てっきりひとりで下山したのだと誰もが思っていた。それにしてもひと言の挨拶《あいさつ》もなしかと、雅之は寂しく思っていた。

そんな肩の小屋に突然の悲報がもたらされた。

頂稜《ちょうりょう》直下の登山道から外れた崖下《がけした》で、男性の登山者が遺体で見つかった。発見したのはたまたま近くで写真を撮っていた山岳カメラマンで、やはり肩の小屋の常連だった。彼はすぐにそれがスタッフのひとりである松木だと知って、小屋に携帯で連絡してきた。

雅之と和洋、スタッフの何人かが駆けつけると、すでに松木は心肺停止状態だった。急行した防災ヘリによって甲府《こうふ》市内の病院に搬送されたが死亡と診断された。

＊

冷たい岩に両手を突いて懸崖《けんがい》を覗き込みながら、雅之は松木悟のことを考えていた。

最後に見せた寂しげな笑顔が心に刻まれていた。あのとき交わした言葉のひとつひとつを思い出し、そこに何の意味があったのだろうかと探ろうとした。深い光をたたえた彼の瞳《ひとみ》がどこか遠くを見ながら、何かをうったえようとしていたように思えた。

ザイルの震えが止まっていた。

遥《はる》か眼下、岩の斜面に危なっかしく立つ篠田たちの姿が見えている。要救助者の姿は相変わらずそこに横たわったままだ。屈《かが》んでいた篠田と大川が崖の上にいる雅之を見上げた。

「どうだね？」と声をかけた。

篠田が黙って首を振った。それでわかった。要救助者は心肺停止。医師の診断があれば、正式に死亡となる状態である。

——まだ体が温かいから、さっきまで生きてらっしゃったみたいですね。

大川の声が聞こえた。

もちろん、自分で携帯電話を使って一一〇番通報したのだ。しかしそのあとで、力尽きたのだろう。

雅之は軽く下唇を嚙《か》んだ。これまで幾度も、この山で見てきた人の死。独特の心の重さがのしかかっている。

目の前に高山植物のミネウスユキソウが可憐《かれん》な白い花々を咲かせ、岩場を渡る山の風に震えるように揺れていた。そろそろ開花シーズンも終わる頃で、いわゆる〝名残り花〟である。日本のエーデルワイスと呼ばれるこの美しい花たちを見ても、悲しい気持ちしか湧いてこない。

山で命を落とす者に接するたび、同じ思いに囚《とら》われる。

自分たちがあと少し早く到着できていれば、あるいは――？

〝たられば〟に意味はないと思いつつも、何とかならなかったのかと考えずにいられない。

――おやっさん。どうします？

篠田のかすかな声に我に返る。

「担ぎ上げてくれるか。ヘリで吊《つ》るにしろ、そこじゃ足場が悪すぎる」

――わかりました。

篠田と大川はテキパキとした動きで要救助者の体を引き起こした。篠田の背中にもたせかけ、彼が担いで登るようだ。斜度のある場所だから見ていてハラハラするが、ふたりはさすがに慣れている。

やがてレスキューザックで要救助者の体を背負った篠田が、ザイルにアセンダー（登《とう》攀《はん》器具）をかけて登り始めた。真下から大川がフォローをしている。ザイルを揺らしながら長い距離を登ってきた篠田。その腕をつかんで雅之が引っ張り上げた。

その場に尻餅《しりもち》をつくようにして、篠田が足を投げ出す。要救助者の男性は背中に負ぶさる形だが、薄目を開いたまま微動だにしない。その目に光はなく、息も感じられない。黒髪が血に濡《ぬ》れて顔半分に凝固している。オレンジ色のTシャツにもかなり染み込んでいるようだ。

大柄な篠田の体から要救助者の体を外し、横たえていると、ザイルを揺らして大川が登ってきた。満面に汗を掻いているが、疲れ切った顔に暗さが重なっていた。雅之はだまってその腕を軽く二度、叩《たた》いた。

要救助者の体をレスキューザックから外し、全員で岩場の上に横たえた。両手を胸の下で組ませてやり、三人で手を合わせて黙禱《もくとう》する。

背後に乱雑な靴音が聞こえ、雅之たちが振り返ると、尾根のトラバースルートを山岳救助隊の男女数人が走ってくるところだった。

＊

狭い厨房《ちゅうぼう》でせわしなく動き回るスタッフに交じり、里村が米を研いでいる。雅之は小屋の入口付近に立って見ていた。シャカシャカという音とともに肩が揺れている。その頼りなげな後ろ姿に懸命さがにじみ出ていた。

午前十一時。山小屋では早くも夕食の仕込みに入る。八月最後の土日に入り、予約してきた宿泊客の数も多かった。九月に入れば嘘のように客数が減るから、それまでの正念場である。

標高三千メートルの空気が薄い山小屋では、ご飯を炊くにも圧力釜《あつりょくがま》を使わねばならない。一度に何十人ぶんもの米を研いで一気に炊き上げるのは大変な仕事だが、里村の動きに無駄がなくなってきた。頭にタオルを巻き、エプロンを腰につけた姿も自然に見える。

この小屋にやってきておよそひと月半。最初の頃は何かとぎこちなく、失敗を繰り返し、そのたびに篠田に叱られていたが、近頃はそういう場面も少なくなった。呑《の》み込みが早いということだろう。

それにしてもと、雅之は思う。

里村の姿を見るたび、やはりあの松木のことを思い出し、面影を重ねている。姿形や人柄が似ているわけではないのに、どうしてだろうかと考える。思い当たることがあるとすれば酒に関することだ。松木はストレスを抱えて浴びるほど飲んでいた。それはこの山に来る前の里村も同じ。里村は自分の意思で酒を断った。松木はついにそれができず、自ら病魔を呼び寄せてしまった。その差異はあまりに大きい。

雅之は黙ってその場を離れ、小屋の外に出た。

少し歩くと左膝《ひだりひざ》が痛くなる。変形性膝関節症《しつかんせつしょう》。それにしても嫌な響きの言葉だ。

足をかばうようにして少し歩き、山小屋から離れた。

到着したばかりの登山者たちが数名、ベンチに座って食事をしたり、小屋や山の景色を撮影したりしている。少し下にある幕営指定地には、早くもいくつかテントが立ち並び始めていた。帳場の窓口に息子の和洋がいて、宿泊やテント場の手続きを取っている。

のどかな山小屋の日常である。

いちばん離れたベンチが空いていたので、雅之はそこに歩いていき、ゆっくりと腰を下ろした。無意識に掌《てのひら》で左膝を包み込むようにして、そっと撫《な》でている。

今日は夜明けから穏やかに晴れて、高空に刷毛《はけ》で描いたような筋雲が流れていた。雲海が地上を覆う純白の絨毯《じゅうたん》のように敷き詰められ、ずっと彼方《かなた》に富士山が青く尖《とが》った頭を覗《のぞ》かせている。

それを見ながら涼しい風を顔に受け、少し背中を丸めていた。夏場とはいえ、盆を過ぎるととたんに気温が下がっていく。今朝の早い時間は息が白くなるほどだった。

あの日、山頂直下からヘリ搬送された要救助者は死亡認定となった。

もちろん現場ですでにわかっていたことだが、あらためてつらい気持ちになる。山は平地よりも遙かに死に近い世界である。それでなくとも病気や事故、人の一生には常に死が寄り添っているものだ。それをあえて危険な場所に足を踏み入れるわけだから、登山者には当然のようにリスクがつきまとう。

「好きな山で死ねたのだから本望だったと思います」と、遺族から便りをもらったことがある。しかし本人は死にたくて死んだわけではない。不運という名の死神に出遭ってしまった悲劇である。

松木のことを思い、雅之は顔を歪《ゆが》めた。

癌という病禍《びょうか》はある種の体の事故と解釈できるかもしれない。だったらなおさらのこと、勇気をもって災厄に立ち向かってほしかった。山の事故で命を落とす人間には、その選択肢すらないのである。すべてを投げ出して自ら死を選び、それがいったいどうなるというのだろう。

――コーヒー、いかがですか。

声に顔を上げると、すぐ横に赤いダウンジャケット姿の大下真理が立っている。片手に湯気を浅《も》らす紙コップを持っていた。そばかすが散った彼女の顔を見つめ、雅之は目《め》尻《じり》に皺《しわ》を刻んだ。

「すまんな。いただくよ」

手にしてひと口すすり、彼女にいった。「美味《うま》いな」

真理が肩をすくめて笑った。

「友達が趣味でコーヒー豆の焙煎《ばいせん》を始めたんです。そのサンプルを持ってきたから、ためしに淹《い》れてみました」

「そうかい」

雅之は目を細めて笑った。「あんたも座っちゃどうだい」

真理は頷《うなず》き、隣に腰を下ろした。

「里村さん、頑張ってます」

「ああ」

「ただ……ときどき手が震えてるんです。見てると気の毒で」

雅之も、彼の手が露骨に震えるところを見ることがあった。そんなときの里村は本当につらそうだった。

「断酒の離脱症状って奴だ。アルコール依存症は麻薬依存と同じだからな。ひとたびそこまで進むと元通りにならない。一生、酒への欲求に苦しむことになる」

「ドクターストップがかかったわけじゃないって聞いたけど、やっぱりそんなことになるんですね」

「酒だけじゃない。別の何かと戦ってるんだよ。だから、ここに来たんだ」

雅之は目を細め、それから片眉《かたまゆ》を上げた。「あんただってそうじゃないのか」

「私が？」

驚いた真理の横顔を雅之は見つめる。

「本当は、この山から去るつもりだったろ？」

顔をこわばらせた真理が、愁眉《しゅうび》を見せたまま俯《うつむ》いた。

「何があったか知らんが、あんたはまたここにやってきた。きっと他に居場所がなかったからだ」

「私……」

真理が口をつぐんだ。そのまま続くべき言葉が虚空に消えた。

左手に、水色のリストバンドが巻かれている。ナイキのマークが描かれたそれを、雅之はじっと見つめていたが、目を離し、また遠くを見た。

「無理にいわなくてもかまわんさ。里村さんだって、すすんで自分のことを語ったわけじゃない。ここじゃ、スタッフみんながそれぞれの重荷を抱えて、毎年のようにこの山小屋まで登ってくるんだ。傷ついたり、笑ったりしながら頑張って生きてる。それでいいじゃないか」

真理はコックリと頷いた。

「人生はめぐり合わせの連続だ」

「え」

驚いた顔で見つめる真理にこういった。

「あのとき、和洋が電話で断っていたら、里村さんはここにいなかった。たまたま間違いが起こったから、あの人はこの山にいる。あんたがいま、ここにこうしていることも、きっとただの偶然じゃない」

「そうですね」

「山がみんなを引き合わせてくれたんだ」

雅之は右手に見える北岳の頂稜《ちょうりょう》に目を向けた。

真理もそっちに視線をやった。

ちょうど中天にさしかかる太陽の輝きの下に、青い絶巓《ぜってん》が空を突き上げている。

あそこに先日の要救助者と、そして松木悟が亡くなった岩場がある。懸崖《けんがい》の上、ひっそりと開いていたミネウスユキソウ——遅咲きの白い花々のことをふっと思い出した。

第四話　ストレイドッグ

爆音が朝の空気を叩《たた》いていた。

夜明け直後。まだ暗さを少し残して、透きとおったように清明な空の彼方に紫雲がたなびいている。その手前に小さな黒点がひとつ、どんどんと近づいてくるのを、大下真理が一心に見つめている。

周囲には小林和洋の他、篠田や大川、三谷、川島知佳。さらに里村乙彦の姿。九月に入ると早朝は冷え込むようになり、全員の口から白く呼気がたなびいていた。

爆音がさらに大きく、高鳴ってきた。

ゴマ粒のように小さく見えていたそれは、今やはっきりとヘリコプターだとわかる。それほどのスピードで急接近している。ヘリの機体の下には長いケーブルに吊《つる》された荷物がぶら下がっていた。

物資輸送ヘリによる荷揚げである。ここでは〝ヘリ作業〟と呼ばれている。

肩の小屋では、小屋開け前の五月から小屋閉めをする十月下旬まで、月に一度のスケジュールで契約した航空会社のヘリが物資を運んでくる。

〝ヘリ荷〟は食料、飲料、燃料、日用品などの雑貨等。すべて段ボール箱や専用容器に入れられ、きちんと重さが計算されて作られている。それがモッコと呼ばれる太くて頑丈なネットに包まれている。

荷揚げの日取りが決まると、和洋が二名の男性スタッフ——米田と飯窪とともに下山し、広河原のヘリポートで荷造りをしていた。それが終わると、ヘリがピックアップする際に補助するため、米田たちを広河原に残し、和洋だけが山小屋まで戻ってきた。航空会社のヘリが到着すると、麓《ふもと》から運ばれる荷物を小屋の前で受け取り、搬入する作業となる。

肩の小屋のヘリポートは建物から少し下った場所に常設されている。荒れ地を平らにならしただけの平坦《へいたん》な広場である。

周囲の幕営指定地にはテントがひとつもない。前もってヘリの飛来をアナウンスしているからだ。ヘリは地面にランディングせず、上空からケーブルで吊《つ》った荷物を下ろすだけだが、それでも大型台風なみのダウンウォッシュ（メインローターによる下降気流）で、テントなど簡単に吹き飛んでしまう。

のみならず、強風で舞い上がったものが、ヘリのローターに当たって事故につながる可能性もある。だから荷揚げの時は徹底的に人払いをし、残留物を片付ける。

真理が見ていると、ヘリはやや下方から上昇してきた。底力のある排気音とともにローターが空気を切るパタパタというスラップ音が大きくなり、機影が頭上に到達した。

上空から吹き下ろす強風に周囲のハイマツがザワザワと揺れ、砂嵐のように土煙が派手に巻き上がっていく。ヘリポートの縁に立てられている〈交運安全〉と書かれた赤白の吹き流しが、風にあおられて狂ったように踊っていた。

ヘリがゆっくりとその高度を落とし、モッコが接地した瞬間、機内からの遠隔操作で吊り下げフックが外れる。しかしヘリはすぐに飛び去らない。ヘルメットをかぶり、少し離れた場所に立っている篠田が両手で合図を送る。伸ばした両掌《てのひら》を下に向け、水平から下に向けて仰ぐように振っている。「少し高度を落とせ」という意味だ。

ヘリがややホバリング位置を下げるとともに、空荷になったヘリのフックが下りてきた。ヘルメットを着用した和洋が慣れた手つきでフックを捉《つか》まえると、別のモッコにかけ、「上昇よし」の合図を送る。〝下げ荷〟といって、空容器やゴミなどの廃棄物を詰めたものがモッコに包まれている。それをヘリの復路で下界に運ぶのである。

ヘリが上空から離脱するや、下げ荷を吊したまま、鮮やかに機体をひるがえし、機首を斜め下に向けて空を滑り降りてゆく。

駆けつけたスタッフ全員でいっせいにモッコを解き、段ボール箱をひとりずつ抱えて小屋に走る。

真理も〈枝豆〉と書かれた段ボール箱をひとりで抱え、走った。

ヘリ作業の慌《あわ》ただしさは尋常ではない。素早く段ボール箱の山を崩し、すべて小屋に持ち込まないと、あっという間に第二便が到着する。何しろ時速二百キロ以上の速度だから、麓のヘリポートから稜線《りょうせん》のヘリポートまで片道五分とかからない。グズグズして荷が残っていると、ヘリはその場を避けて、さらに遠くに荷を下ろしていってしまう。だからそうならぬよう全員が一丸となって荷運びをする。

真理がヘリポートに戻ってくると、たちまちヘリの爆音が聞こえ始め、眼下からせり上がるように上昇してくる機影が見えた。ふたつ目の荷を吊り下げている。

「あと三つだ。頑張れ！」

和洋の気合いの声とともに、大川と篠田が大きなプロパンガスボンベを台車に載せ、ふたりで小屋へと走っていく。里村はこれで二度目のヘリ作業だが、足手まといにならないように軽い荷物を運ぶ。トイレットペーパーの大きな段ボール箱を真理とふたりで抱え、小屋に運び込んで戻ってきた。

最後は缶ビールだ。段ボール箱いっぱいに詰め込まれているため、かなり重たい。若い三谷がひとり痩《や》せた体でそれを抱え、急ぎ足に小屋に向かったとき、ちょうどヘリが頭上に到達した。たちまちダウンウォッシュの下降気流が旋風《つむじかぜ》となって土煙を巻き上げる。

篠田がヘリに向かって片手で合図をする。下向きにクルクルと回しているのは、「ここに荷物を下ろせ」という意味だ。

全員が退避すると、上空のヘリから吊されたモッコが下りてきて、その場に接地した。

フックが外れるタイミングで、和洋はまた少しだけ高度を下げるようにヘリに合図を送る。フックを摑《つか》んだ彼が、ふたつ目の下げ荷のモッコにそれをかけた。篠田の「上昇よし」の合図を受け、ゆっくりと高度をとったヘリが上空で機体を傾けながら大きくUターン。爆音と強風の中、また麓へ向かって降下してゆく。

今回はヘリが六往復して作業が終了した。荷物はぜんぶで三トン。いつもの食料や燃料の他、小屋を補修するための木材などもあった。

最終便が下ろした荷物すべてをヘリポートから運び終えたとたん、全員がその場に座り込んでいた。しまいにはいちいち倉庫などに入れる余裕もなく、それぞれの段ボール箱が乱雑に小屋の前に投げ出してあった。まさに修羅場という他はないが、九月に入って登山客が減り、しかも平日でほとんど人がいないのが救いだった。こんな状況を宿泊客に見られたくないと、バイトスタッフの真理ですら思う。

すぐ近くで里村が地面に足を投げ出し、座り込んでいる。物憂げに頭を覆っていたタオルを取り去ると、汗だくの胡麻塩頭《ごましおあたま》から垂れた髪の毛が、濡《ぬ》れた額に張り付いていた。

「大丈夫ですか」

思わず声をかける。疲労困憊《こんぱい》の顔がゆっくり持ち上がった。

「何とか生きてるみたいです……」

か細いその声に真理が肩をすくめた。

「みなさん、よく頑張りました。ぜんぶ終わったらお茶にしますから、最後までやり遂げましょう」

　和洋の声に全員が立ち上がり、小屋の前に置かれた段ボール箱を協力しながら運び込み始めた。

　ヘリ作業の事後は段ボール箱の開封が待っている。

　まず冷凍食品を大型冷蔵庫に入れる。卵はパック単位で殻が割れていないかをチェックする。野菜は下界との気温差で結露しているため、外に並べて天日干しをしなければならない。濡れたままストックすると腐敗してしまうからだ。

　さらに食材——肉類や麺類《めんるい》などを仕分けし、それぞれ別棟の貯蔵室で保管する。日用雑貨なども小まめに分類して、それぞれの場所に持っていく。それらの作業がようやく終了を迎えようとしているとき、最後の段ボールを開封していたもうひとりの女性スタッフ、川島知佳が振り向いた。

「真理。スマホ、鳴ってない？」

「あ」

　気づいてズボンのポケットを探った。スマートフォンを引っ張り出し、液晶画面を見た。

　メールが来ている。その差出人の名を見て、真理は硬直した。

　塚崎俊哉《つかざきとしや》。

思わずその名を凝視した。いつしか視線が知らず、自分の左手に落ちていた。

手首に巻かれたナイキのリストバンド。

「どうしたの？」

知佳にいわれ、真理はそっとリストバンドを袖《そで》で隠した。

「何でもないよ」

ごまかすようにいい、無理に作り笑いを浮かべた。

＊

塚崎俊哉はセミプロのミュージシャンで、TOSHIYAという名で活動をしていた。

高校時代、バイトで貯めた金でギターを買って以来、音楽に夢中になり、大学は音楽系サークルに入った。やがて仲間とバンドを結成し、学祭やあちこちのライヴハウスで地道に演奏をしているうちに、ある音楽事務所から声がかかった。

それからはライヴ・サポート――つまり有名アーティストのバックバンドで演奏したり、スタジオ・ミュージシャンとして歌手のレコーディングに参加したりしていたが、なかなかメジャーな世界に入っていけず、腐っていた。

そんなときに真理と知り合ったのだった。

ライヴハウスで待ち合わせた女友達がいつまでも姿を見せず、ひとりでむくれ、無聊《ぶりよう》を託《かこ》っているとき、ステージで演奏していた若者から声をかけられた。

茶色のロン毛に耳ピアスは今風だが、ちょっとレトロに崩した感じのパンクファッションで、ショットのライダーズタイプのレザージャケットを白いTシャツの上にはおり、穿《は》き古して孔《あな》だらけのジーンズに、いかにも高そうなカルマンソロジーの黒いブーツを履いていた。

いわゆるナンパだが、ねちっこくないところが好印象だったため、誘われるままにふたりで飲み歩き、その夜のうちに彼のマンションに泊まっていた。

都内の板橋《いたばし》区で、真理がひとり住まいするマンションにたまたま近かったため、それからはしょっちゅう行き来をし、LINEや電話で連絡を取り合い、ふたりでライヴや映画に行くようになった。

真理は短大を出て四年の間、夏場は山小屋でバイトをし、オフシーズンは居酒屋などで働いていたが、これといって人生の目標もなく、なんとなく流されるように生きてきた。そんなときに、プロのミュージシャンとして成功したい夢を見ていた俊哉は眩《まぶ》しく見えたし、彼の才能を信じていいとすら思っていた。

やがて俊哉はマンションの家賃を払えなくなって追い出され、真理のところに転がり込んでいたが、ひところほど仕事が来なかったためもあり、だんだんと音楽活動に意欲がなくなっていたようだ。

真理は六月から十月まで北岳肩の小屋に常駐してバイトをしていたため、その間、板橋のマンションには俊哉がひとりで暮らしていた。たまに下山して戻っても、働いている様子もないし、真理が稼いだ金で毎晩のように飲み歩いているようだった。

その年のオフシーズンに戻ると、俊哉は輪をかけてすさみきっていた。昼間は惰眠をむさぼり、夜になるとどこかに出かけていく。そうして深夜、あるいは朝帰りをする。

いっしょにいてもろくに口も利かず、たまに話せば卑屈になって他人の悪口をいい、しばしば嫌味や皮肉を飛ばされる。ひとたび口論となれば、おぞましいほどの罵詈《ばり》雑言《ぞうごん》を真理に浴びせたかと思うと、今度は自分を正当化するため、お前こそ浮気《うわき》をしているのではないかと、あらぬ罪まで着せようとしてきた。

真夜中に大声で喧嘩《けんか》になるたび、マンションの近隣の住民から苦情が出ていたが、翌年のある晩、とうとうパトカーがサイレンを鳴らしてやってきた。誰かが通報したようだ。

俊哉は人事不省になるほど酔っ払っていた。罵倒《ばとう》し合ったあげく衝動的にテーブルにあったビール瓶を逆さにつかんで頭上に振り上げた。真理は殺されると思い、身をすくめた。そんな彼女の姿を見て俊哉は硬直し、たちまち怒気《どき》を失っていた。よろよろと後《あと》退《ずさ》って壁に背中をぶつけ、持っていたビール瓶を床に落とした。

そこに警察官が数名、踏み込んできたのだった。

数日後、真理はマンションを引き払い、埼玉の実家に戻った。当然、俊哉とは別れた。それきり電話もメールもやりとりがなかったため、彼がどうなったかは知らない。もう二度と会うこともないだろうし、このまま忘れてしまおうと思っていた。

間もなく、真理のところに縁談が舞い込んできた。

相手は叔母《おば》が働く税理士事務所の若手社員で西島光昭《にしじまみつあき》といった。年齢は真理より三つ年上の二十七歳。さわやかな笑顔が魅力的な青年だった。当初は叔母の強引ともいえる引き合わせにいささか閉口していたものの、映画などのデートを重ねるうちに少しずつ親密さが進み、ある日突然、向こうからプロポーズされた。

真理は承諾した。たかがひと月程度の付き合いだったし、まだキスも交わしていないほどのうぶな間柄だったが、優しさと思いやりのある相手だったし、この人ならきっと自分を幸せにしてくれるはず——そう思ったのだった。

真理は小林和洋に連絡を取り、六月からの山小屋での仕事はできないとバイトを断った。結婚するという事情は明かさなかった。

しかし幸せは続かなかった。

光昭とふたりで横浜《よこはま》に行き、港の見える丘公園を腕を組んで歩いているとき、真理はふいの吐き気と眩暈《めまい》に襲われ、その場に倒れてしまった。その二日前から風呂《ふろ》上がりなどに眩暈を感じたが、てっきり持病の貧血のせいだとばかり思っていた。

光昭が携帯で救急車を呼び、近くの病院に救急搬送されたが、その結果、意外な事実を医者から知らされた。

妊娠だった。すでに七週目だという。

「おめでとうございます」

その場にいた看護師に祝福の言葉をいわれたが、真理にはわかっていた。自分の中にいる胎児が光昭との間にできた子であるはずがなかった。

＊

左手首に巻いた水色のリストバンドを凝視していた。

山小屋から離れた場所にある、人けのないヘリポート広場。その近く、大きな丸い石の上に腰を下ろし、真理は体育座りをし、膝《ひざ》の上に顎《あご》を乗せていた。ナイキの模様が刺《し》繍《しゅう》されたリストバンドの下、刃物で切った痕《あと》が手首に白く残っている。ここでは誰にも見せたことがない。

傍らの地面にスマホを置いていた。

メールは開封していなかった。塚崎俊哉の名をそこに見つけただけでショックに襲われそうになり、あわててサンダルを履いて小屋を飛び出したのである。この山でバイトを始めてから、つらいことがあると、ひとりでここに来たものだった。人知れず泣いたことも何度かあった。

真理は洟《はな》をすすり、膝頭《ひざがしら》にギュッと頬を押しつけた。そのままじっとしていた。

朝の十時過ぎ。青空の下に風がまったくなく、静かだった。ヘリポートの傍らに立っている赤白の吹き流しがペタンという感じで支柱に垂れ下がっている。

真理の妊娠が発覚し、西島光昭は彼女の元から去って行った。本人の意思ではなく、彼の両親が引き離したのだとあとで叔母にいわれたが、そんな事情が何だというのだろう。すぐ目の前にあったはずの幸せが、自分の手をすり抜けていってしまった。その事実だけが重たく自分の中に残っていた。

風呂の中で、左手にカミソリを当てたのは衝動的な行為だった。

中絶手術を受けた翌日のことだった。

手首を切っただけであっさり死ねるはずがない。山で負傷者の救急処置をやってきて、そんな知識は自分の中にあった。それでも自傷行為をしなければ気が済まなかった。

手首から流れ落ちる血液が、バスタブにたまった湯を赤く染めていくのを見つめながら、真理はこの世界に自分の居場所がないことに気づいた。

ポタポタとかすかな音を立て、膝の横にある岩に雫《しずく》が落ちた。

それが手首から落ちる血の雫ではなく、自分の涙であることに気づいたとたん、強い感情がこみ上げてきた。

真理は両手で顔を覆い、肩をふるわせながら泣いた。最初は声を殺して嗚咽《おえつ》していたが、次第に高まってくると自然に泣き声が喉《のど》の奥から洩《も》れた。洟をすすってけしゃくり上げ、声を放ち、しばらく泣き続けた。

どれほど時間が経ったのか。

ようやく泣き止んだ彼女は、シャツの袖で顔じゅうの涙と鼻水を拭《ぬぐ》い、掌《てのひら》で目の周りをゴシゴシとこすった。

顔を上げた。周囲を見るが、人けがないので安心した。従業員であれ客であれ、こんなところを誰かに見られたくなかった。

雲ひとつない青空の下、遠い山々が周囲を取り巻いている。

相変わらずここは静かだった。

風はそよとも吹かず、しんという音が聞こえそうなほど、辺りはまったき沈黙に包まれている。まるで深海の底か、宇宙のまっただ中に放り出されているような無音を意識するうちに、真理は少し心細くなった。

すぐ傍の地面に置いているスマホをまた見つめた。液晶の中に着信メールのリストを表示させた。そこにある塚崎俊哉の名前。

「莫迦《ばか》野郎」

かすれた声で真理がつぶやく。「どうして……」

ギュッと唇を噛《か》みしめると、真理は彼の名を指先で長押しし、〈削除〉という赤い文字をタップした。ゆっくりと立ち上がり、ズボンの尻《しり》の汚れをはたいてから、スマホをサイドポケットにねじ込んだ。

目を閉じ、山の清涼な空気を胸いっぱいに吸い込み、口を尖《とが》らせて長く吐いた。

意を決したように踵《きびす》を返すと、今やゆいいつの自分の居場所——山小屋に向かって歩き出した。

＊

時間だった。


「私、ちょっと太ったみたい」

従業員専用の女子部屋で、自撮りモードにしたスマホを見ながら川島知佳がつぶやいた。昼過ぎになっていたが、午後の夕食の仕込みまで時間があるため、つかの間の休憩時間だった。

真理は寝床に横になったまま、スマホでYouTubeの動画を見ていたが、それを聞いて顔を向けた。

「そう？」

「明らかに頰の辺りがふくよかになってるし」

知佳はいいながら、自分の顔に両掌を当てている。

そういえばそうかもしれないと真理は思う。もともと小柄で、少しぽちゃっとした感じの体型だし、太りやすい体質なのだと前からいっていた。でも、赤毛に染めたショートヘアがなかなか今のキャラに似合っている。

仮眠を取るため部屋に戻ったが、けっきょくこうしてしゃべり合っていた。

「たしか篠田さんが体重計を持ってたよね」

山小屋でダイエットをするのだと、わざわざそれをザックに入れて下界から持ってきていたのを思い出した。

「いやだ。絶対に乗りたくない」

悲鳴のような声を洩らす知佳だが、暇さえあれば間食をする。主にスナック類だ。八時の消灯時間を過ぎても寝床で菓子を食べている。寝転がってスマホを見ながら、ボリボリと食べる音がしょっちゅう聞こえている。

「いっそ男子といっしょに外仕事をやったら？」

「えー。ハードすぎる。怪我したら困るし」

身勝手な言葉に真理は思わず笑う。

山小屋で働くと、男子は痩《や》せて女子は太ると昔からいわれていた。

男は接客業の他、いやでも外仕事がある。荷運びや小屋の補修。トイレの屎尿《しにょう》の運び出し。チェンソーで倒木を切ったり、登山道を整備する道普請の作業もあるし、遭難救助の要請が飛び込んでくることもある。そうなれば、何はさておき押っ取り刀で飛び出していき、行方不明者の捜索をする。あるいは怪我をした要救助者を背負ったり、担架で担いだりして運ばなければならない。

それに比べて女性スタッフは接客や料理といった館内での仕事がメインとなり、汗を流すような重労働はめったにない。いくらジェンダーレスの社会になったとはいえ、こんな山の上の職場では、やはり男女の役割は分かれてしまうのである。そこに来て彼女のように間食をしたりすれば、いやでも体重が増える。仕事のストレス解消はついつい飲食に頼ってしまうから、こればかりは仕方ない。

「だったら和洋さんたちといっしょに山頂ダッシュすればいいよ。いやでも体重激減」

「あのなー」

鏡の前から振り向き、口を尖らせた知佳が次の瞬間、真理の顔を見るなり、たまらず笑い出した。奇異に思った真理が訊《き》いた。

「どうしたの」

「その顔。泣きべその痕がヤバイよ」

「え」

今度は彼女が焦る番だ。無意識に自分の頬に掌を当てた。「ホント？」

「お化粧でもしてたら目も当てられなかったよ」

真顔で知佳がいうが、山小屋のハードな仕事は、いかな女子でも化粧なんて悠長にしている余裕もなく、必然的にほぼすっぴんである。女子部屋には姿見《すがたみ》もないし、せいぜい手鏡だ。というわけで若い男性スタッフだっているのに、色恋沙汰《ざた》がめったにないのはそのせいではないかと真理は思っている。

「もしかして、さっき外にいたとき見てた？」

知佳は笑って頷《うなず》く。

「ヘリポートんとこの石にひとりで座ってるから、また泣いてるってわかった」

率直にいわれて思わず頰が熱くなった。

「いやなことでもあったの？　ここは小さな山小屋だから世界が狭いし、誰かとソリが合わなかったら大変だよ」

「そうじゃないけど……」

知佳は何かに気づいた表情になった。

「もしかしてさっきのメールでしょ」

「誤解だってば」

ごまかしたが、知佳はわざとらしく薄目になって真理を見る。「その左手のリストバンド、なんとなく想像がついてたし」

そんな知佳の言葉に、真理はそっと袖《そで》を伸ばして手首を隠す。

「知ってたの？」

「コップひとつ洗うだけでいちいちゴム手袋つけてるし、いやでもわかるよ」

あけすけにいわれて不思議と腹も立たないのは、知佳のキャラクターのおかげかもしれない。もとより表裏のない竹を割ったような性格で、昔から女の子らしくないなどといわれてきたそうだ。

俯《うつむ》く真理に知佳がいった。

「ここは三千メートルの山小屋なんだから、下界のくだらないことにいちいち振り回されるなんて莫迦みたいじゃないの。思い切り泣いたんなら、それきりそっぽを向いて前向きに生きていこうよ」

真理はうなだれたまま少し笑った。「ありがとう」

＊

その三日後、ちょっとした騒動が起こった。

まずは篠田の大声だった。それも肩の小屋全館に響くような怒鳴り声である。

真理は小屋の外で中年女性ふたり組の登山者と会話をしていた。この日は土曜日ゆえに、朝から登山者の姿が多い。

白根御池小屋からの登り、道々で撮影してきた高山植物の花の名を知りたいという彼女たちのデジカメの液晶を見ながら、あくまでもわかる範囲で「これはシナノキンバイ、こっちはハクサンフウロですね」などと説明をしていた。そこに大声が届いて、真理ばかりか、女性たちも驚いて肩をすくめた。

「あの……ごめんなさい。ちょっと」

その場を辞去して踵を返し、すぐに小屋に入った。

篠田が大声を出すとしたら、理由はひとつしかなかった。里村のことである。

厨房《ちゅうぼう》の中を覗《のぞ》いてみると案の定だった。エプロン姿の里村が椅子に座って背を丸め、うなだれている。その前で彼に向かって立つ篠田が、腰に両手を当てていた。よほど激怒したのか、手ぬぐいを海賊巻きにしてかぶっているその髭面《ひげづら》が朱に染まり、岩のように硬そうにこわばっている。何が起こったのかと思ったとき、真理は気づいた。

厨房の空気が焦げ臭いのである。

驚いて視線をめぐらせると、ガスコンロの上に大きな深鍋《なべ》が置かれている。その側面が斑《まだら》模様に焦げていた。足早にツカツカと歩み寄り、蓋《ふた》を取って覗き込み、驚いた。焦げ臭さの元はやはりここだった。カレーが焦げ付いて濃い褐色になっているのである。

傍らにあったシャモジをとった真理は、鍋の中を混ぜようとしたが、すでに野菜や肉がカレールーとともにガチガチに焦げていた。こうなると中身をすべて捨てて、金属タワシか何かで鍋を磨かないとならないだろう。

真理はあっけにとられ、焦げたカレー鍋を見ていたが、篠田の声に我に返った。

「カレーが焦げるから、ちゃんと見ててくださいっていったはずですよね？」

腰に手を当てたまま、篠田が里村を睨《にら》んでいる。「それを、どうして目を離してしまったんですか？」

里村は椅子に座り込んだまま、相変わらず俯いている。

「ずっと見てました」

蚊が鳴くような小さな声を聞いたとたん、篠田の髭面が一瞬、風船のように膨らんで弾《はじ》けるかと思った。「見てた？　見てて、みすみす焦がしてしまったんですか」

里村は虚《うつ》ろな目で自分の少し先の空間を凝視している。

「カレーが焦げるから見てていってていわれたので」

蚊の鳴くような声で里村がそういった。

思わず真理が噴き出した。

我慢ができずに体を折り曲げて笑い始めた。同時に周囲にいた他の男女のスタッフがいっせいに大笑いをし始めた。そんな中でひとりあっけにとられた顔をしている篠田は、里村の言葉を理解できなかったらしい。

「いったい……」

つぶやきかけて、ようやく意味がわかったようだ。

里村はつまり、カレーが焦げるところを見ていた。それが仕事だと思っていた。

篠田は目を見開いて彼を見ていたが、ふいにあらぬほうを向いて口を半開きにした。振り上げた拳《こぶし》を下ろす場所がない。まさにそんな状況のようだ。

その間、スタッフたちは腹がよじれるほど大笑いをし、その声が狭い厨房に重なっている。知佳に至っては涙を流しながら壁に片手を突き、肩をふるわせながら爆笑している。

「あなたがいたファミレスでは、いつもカレーをわざわざ焦がして出してたんですか？」

あきれ顔で篠田がいうと、里村は弱り切った顔で小さくかぶりを振った。

「私、本部のマネージメントだったので店舗のほうはちょっと……」

いつもの言葉を遠慮がちに返し、彼はまた萎《しお》れたように俯いた。

そんな姿を見ながら、とうとう篠田が笑い始めた。

ひとりしょげ返っていた里村がそんな彼を見て、なんとも複雑な表情になった。

＊

いつもの怒濤《どとう》の夕食タイムが始まった。

九月とはいえ、やはり土曜の夜は宿泊客で混み合う。和洋と肩の小屋のスタッフ八名は、狭い厨房と一階の食堂をあわただしく行き来しながら客たちに食事を出し、空いた食器類を下げては洗い物をし、息をつく間もないほどの多忙に振り回されていた。

もちろん真理はともかく、篠田に怒られてしょげ返っていた里村も、無心になって自分の担当業務を必死にこなしているようだ。〝三回戦〟の客の入れ替えが終わり、ようやく人心地が付いたように真理たちは厨房の椅子に座り込み、全員が声もなく呆《ほう》けていた。和洋だけはいつもどおり元気よく客たちと会話をし、父の雅之もテーブルの片隅で年配の男性客二名と何やら話し込んでいる。

ふと真理は気づいた。

「里村さんは？」

口にすると、近くで壁に寄りかかっていた大川がいった。

「さっきひとりで外に出ていったけど、トイレじゃないかな」

ここ、肩の小屋のトイレは屋内ではなく外の別棟にある。だから小用にも少々時間がかかったりする。ところが、いつまで経っても里村は戻ってくる様子がなかった。

真理はしばらく皿洗いなどをしていたが、気がつくと三十分以上が経過している。

「里村さん、まだトイレから帰ってこないけど」

彼女の心配げな声に、ご飯茶碗《ぢゃわん》を拭《ふ》いていた知佳が手を止めた。

「そういえば大きいほうにしても、ちょっと長いよね」

「トイレじゃないのかな」

最後の茶碗を洗い終えると、真理はゴム手袋を脱いだ。「私、ちょっと外に行って捜してくる」

エプロンを付けたまま、厨房を出て、小屋の出入口を開けた。

サンダル履きで小屋の外に出ると、すでに周囲は真っ暗で、トイレのある別棟の明かりがポツンと灯《とも》っているばかりだ。真理は夜になるといつもポケットに入れている小さなヘッドランプを点灯し、頭に装着した。

九月の高山の夜は、涼しいというよりも寒さを感じ、思わず両手で自分の肩を抱いた。

石段を下り、トイレに向かう別棟の通路から声をかけた。

「里村さん……？」

返事がない。通路に並ぶ個室はすべてしんと静まり返っている。やはりトイレではなく、小屋のどこかにいるのかもしれない。そう思って引き返し、また屋内に戻ろうと思ったときだった。

背後の暗闇のどこかで奇妙な声が聞こえ、ハッと振り向いた。

最初、かすれたすすり泣きのように聞こえた。てっきり里村が小屋の前に積んだドラム缶などの資材の陰で嗚咽《おえつ》しているのかと思った。無意識に拳を口元に当てながら、真理はその声のほうに歩き出す。

街灯などまったくない山の夜。頭上に無数の星々が瞬き、遠い幕営指定地には、まだいくつかテントの明かりがポッポッと灯っている。遙《はる》か彼方《かなた》の暗い景色にうがたれるように、小さな色とりどりの点描がきらめいていた。甲府の夜景である。

ヘッドランプのＬＥＤの小さな光輪が照らすサンダルの足下が危なっかしい。相変わらず夜気が冷たく、シャツの襟元から寒さが忍び寄ってくるようだ。

肩をすぼめながら歩き、モッコをかけられたドラム缶が並ぶ荷物の後ろに回り込んだ。

そこに人影を見つけた。

石段に座っているのはやはり里村のようだった。

ヘッドランプとはいえ、目が眩《くら》むため、光をまともに相手に向けるわけにはいかなかった。おかげで顔が見えないが、ちょっとずんぐりした体型だから察しが付いた。背を丸くしてその場に座り込んでいる。

「里村さん？」

おそるおそる声をかけると、相手がこういった。

「あの……大下さんですか？」

「ええ」

彼の前に動物らしい小さな影がうずくまっているのが見えた。

ややあって里村がいった。「トイレから戻ろうとして、変な声がしたんで来てみたら、この子がいたんです」

真理はヘッドランプの光をそこに向けた。

白く淡い光輪の中、中型の黒っぽい犬が伏臥《ふくが》していた。両耳が三角形に立ち、黒い鼻が突き出し、潤んだようなふたつの瞳《ひとみ》が真理を見返している。

「え」

声を失って、真理は立ち尽くした。

「たぶん御池の警備派出所にいる救助犬じゃないかと思うんですかね。こんなところまで迷ってきたんでしょうか」

真理は憑《つ》かれたようにその犬を凝視した。黒というよりも、焦げ茶の虎縞《とらじま》模様のような体毛だった。空気の匂いを嗅《か》ぐように鼻先を上げ、犬がまた「クンクン」と悲しげな声で鳴いた。

「小屋の中に連れて行くわけにもいかず、こうして途方に暮れてたんです」

里村は犬の背中をそっと撫《な》でた。

午後八時の消灯時間を過ぎ、非常灯の緑のランプを残して全館が真っ暗になっていた。そんな中、一階の食堂のテーブルに真理と里村が並んで座り、向かいに和洋と雅之親子がいた。テーブルに小さなランタンが置かれている。

テーブルの下では、くだんの中型犬が体を丸くして眠っていた。虎縞の背中が静かに上下している。雑種のようだが、色や姿からして甲斐《かい》犬の血が混じっていると思われた。性別は牡《おす》で、まだ若い。

ここに連れてきて、真理が夕食のおかずの残りを皿に入れてやると、犬は尻尾《しっぽ》を振りながら夢中で食べ、皿の汚れもきれいに舐《な》めた。無駄吠《ぼ》えをいっさいせず、おとなしい性格のようで、真理は安堵《あんど》した。

「救助犬じゃないですね」

そういったのは和洋だった。「警備派出所にいるK－9チームの犬の中にこんな犬はいません」

部屋で寝ている客たちに気遣って、ささやき声だった。

「だったら、いったいこの子は？」

同じくささやき声で真理がいうと、和洋が吐息を小さく洩《も》らした。

「今どき野犬なんてそこらにいないし、いてもこんな標高の高い場所まで来たりしないと思います。きっと飼い主と離れてしまった迷い犬でしょうね」

「猟犬じゃないのか」と、雅之がいった。

「でも、たしか猟のシーズンは冬場ですよね」

真理がささやくと、和洋がこういった。

「猟友会の有害駆除なら年じゅうやってます。猟の最中にハンターとはぐれたのかもしれませんが、この子はふつうの首輪をしてるから違うと思います」

「首輪でわかるんですか？」

里村が訊《き》くと和洋が頷《うなず》いた。「猟犬はドッグマーカーといって、無線の発信器を装備した首輪を付けてることが多いです。この子のは明らかに違う」

真理がまたテーブルの下で寝入っている犬を見た。いかにもペットショップで売っているような臙脂色《えんじいろ》のふつうの首輪を巻いていた。すっかり安心したようにすやすやと寝入っている。その姿が可愛い。

「さて、どうしますか。この子を連れて下りるにしろ、いったいどこにあずけたらいいのか。写真を撮ってネットに流せば飼い主が見つかるかもしれないけど、もしも捨て犬だとすれば、ちょっと厄介なことになりますね」

和洋がいうが、誰も応《こた》えられない。というか、バイトのひとりである真理に何をいえるでもないし、ましてや里村も黙っている他ない。

雅之がポツリとこういった。

「ここで飼ってみるのはどうかね」

ハッと真理が顔を上げる。和洋の眉根《まゆね》が少し寄った。

「昔ならいざ知らず、今は無理ですよ。うちは国立公園にある山小屋だし、ことに昨今は犬連れ登山に関しても周囲の目が厳しい時代ですから」

雅之はふんと鼻を鳴らして腕組みをした。

*

翌朝、犬は小屋前の標柱につながれ、相変わらずおとなしくしていた。

登山者たちは物珍しさに寄ってくる。が、いくら撫でられても、ひたすらじっとしている。人を威嚇したり、吼えたりすることはけっしてしない。お座りの姿勢で停座し、ときおり前肢《まえあし》を舐め、あるいは伏臥しては、目の前を行き交う登山者の姿を榛色《はしばみいろ》の瞳でじっと見つめている。

九月の涼しい風が吹くたび、短い体毛と鼻周りと口元のヒゲが小刻みに揺れ、風上に鼻先を向けてクンクンと嗅いでいる。

そんな姿を、真理は小屋の出入口から顔を出しては見てしまう。

真理だけではなく、他のスタッフたちも犬のことが気になるようで、しょっちゅう傍に行っては皿で水を与えたり、余ったウインナーなどを持っていったりする。

和洋はスタッフの誰かに犬を麓《ふもと》まで連れて行ってもらうつもりらしいが、あいにくと今日明日は予約が立て込んでいて、ひとりでも抜けるのは厳しい。だからといって、宿泊客の誰かに頼むわけにもいかない。

とりわけ犬を気にかけているのが雅之だった。

気がつけば青いジャンパー姿の彼が犬の前にしゃがんで、背中を撫でたり、前肢を取って〝お手〟をさせたりしている。それが真理にはなんとも微笑ましく思えたが、息子の和洋は明らかに機嫌が悪かった。

そんな和洋の気持ちも、真理にはわかる。彼にしてみれば、父は常に仰ぎ見るべき存在であってほしいのだろう。しかし真理は雅之の、こうしたどこか子供っぽいところが好きだった。彼を見ていると、年の功というか、厳しさを乗り越えた心の余裕のようなものを感じるのである。

＊

その日は朝から天気が良く、気温もぐんぐんと上昇した。

客室の掃除をしたあと、スタッフ数名で布団干しができた。南側に面したトタン屋根に布団をズラリと並べ、たっぷりと日差しを浴びさせていたが、午後から曇るという予報もあって、昼前には取り込むことになった。

最上階に並ぶ窓から屋根に出たのは真理と里村である。並べて干していた布団をたたんでは窓越しに中にいる他のスタッフたちに渡す。屋根は二寸勾配《こうばい》の緩傾斜だが、トタンがツルツルと滑るので、靴下を脱いで裸足《はだし》になる。軒から下まではけっこうな高さがあり、もしも落ちたらただではすまない。

予報とは裏腹に空はまだよく晴れていて、秋らしいうろこ雲がうっすらと広がっている。

ときおり吹き寄せる風が柔らかい。

「雅之さん。あの犬を手放さないかも」

屋根の上で布団をたたみながらつぶやく真理を、里村が見た。「和洋さんがうんといわないんじゃないですか？」

「だけど、雅之さんはちょっと頑固なところがあるし」

「何かわけでもあるんでしょうか？」

真理は布団を取り込みながら、事情を話した。

もともと小林雅之は愛犬家だった。山麓《さんろく》の芦安《あしやす》にある実家では常に複数頭の犬を飼っていて、ほとんどが甲斐犬だったらしい。のみならず、今から二十年ぐらい前までは、この山小屋にも何頭かの甲斐犬を連れてきていたそうだ。今でこそ犬がいる山小屋なんてめったになくなったが、当時は珍しくはなかったという。

雅之はよくひとりで下山するが、下界に用事があるといいつつ、実は家で待っている犬たちに会いに行くためらしいと、スタッフたちは噂をしている。それぐらいぞっこんなものだから、この山小屋に自分でやってきた犬――それも体毛のきれいな若い甲斐犬の混血種であればなおさらのことだろう。

布団をすべて取り込み、館内のスタッフたちに渡してからも、ふたりはしばし屋根の上に残った。遠くに見える富士山を眺めながら、その場に並んで座っていた。

「公の山小屋と違ってここはあくまでも個人経営だから、ある程度の自由は許されると思うんです。だからといって山小屋に犬を置くとなると、やっぱりいろいろ問題が出てくると思うんですよ」

「私もそんな気がします」里村が同意した。

「でも、雅之さんの気持ちもわかるんですよね」

真理は頭に手をやってバンダナの結びをゆるめながらいった。「あの人は、きっと自分の居場所を探してる。だから迷い込んできたあの犬に自分を重ねてしまう。私だってそうです。ちょっと腰掛けでいるだけのつもりでも、やっぱりここに帰ってきてしまう」

「居場所……か」

里村はつぶやき、胡麻塩頭《ごましおあたま》を掌《てのひら》でゆっくりと撫《な》でた。「いわれてみると私も、この歳になって居場所がなかったことに気づいたんです。突然、ひとりで何もない宇宙空間みたいな場所に取り残されたみたいな気持ちでした」

真理はふと、彼を見つめてしまう。

「それで里村さんはここで見つけたんですか、自分の居場所」

「まだわからないです」

里村は目を細めて笑った。「でも、嫌いじゃないです。仕事はきついし、つらいこともいっぱいあるけど、何というか充実感みたいなものがあります。会社勤めをしていたときもそれがあったはずです。でも、定年退職したとたん、すべてを失ってしまった」

真理は興味を引かれ、山小屋に来る前に何があったのかと訊こうと思った。が、立てた膝《ひざ》の上にある彼の手が少し震えているのに気づいて、口を閉じた。人は誰しも事情を持っている。十人十色の人生がある。

また前を向き、遠い山々をじっと眺めた。

初めて真理がここに来たときは、途惑いがあった。なぜならば、都会にあるものが何ひとつなかったからだ。コンビニもカラオケボックスもマクドナルドもない。果たしてこんな場所で生きていけるのだろうかと心配だった。

ところが、なんだかんだでやりくりをしてきて、だんだんと〝何もない〟ことに慣れていった。その結果、むしろここには何だってあるような気がしてきたものだ。

きれいな景色。美しい星空。優しい風。横殴りの雨の音。そんな自然ばかりじゃない。日本の、いや、世界のあちこちから、たくさんの登山者たちがこの山を訪れて、まったく見知らぬ人同士が挨拶《あいさつ》を交わし、北岳という山の素晴らしさをみんなで共有している。

それまで自分の歓《よろこ》びというのは誰かから、あるいは何かから与えられるものだとばかり思っていた。だけどここはそうじゃない。ここでいう歓びとは、自分自身で創意工夫して作り出すものだ。

里村はきつい仕事にひたすら耐えているものだとばかり思っていた。たしかにここの職場は厳しく、つらい仕事だが、彼は頑張ってそこになじもうとしている。それが自分の居場所探しということなのだろう。

思い起こせば、真理自身もそうだった。

ここに来て何度もつらい目に遭ったし、先輩になじられたり、怪我をしたりした。山小屋での仕事の厳しさに耐えられないと思った。そのたびにあの、誰もいないヘリポートに行って独り泣いた。思い切り泣いてまた戻ってきて、またここで働いた。そうして五年もやってきたのだ。

――真理さーん。お客さんだよ。

ふいに窓越しに声がし、振り返ると、大川が館内から手招きをしていた。

「私に？」

自分を指差し、そういうと、大川は「早く」とゼスチュアを返してきた。

隣に座っていた里村と目を合わせてから、彼女は立ち上がった。

小屋の外に出ると、〈北岳の肩〉と書かれた看板がかかった標柱の下、あの犬が変わらぬ様子で伏臥《ふくが》していた。周囲には数人の登山者たちがくつろぐ姿があったが、その向こうにソロらしい登山者の姿があった。

真理は驚いて足を止めた。奇妙な違和感と既視感を同時におぼえ、知らず棒立ちになっていた。

その若い登山者は、小屋の入口前に佇立《ちょりつ》する真理を見ていた。七三分けの髪型でチェック柄のシャツに登山ズボン。ありふれた山着スタイルだから、まさかと思ったが、間違いなかった。

塚崎俊哉。

「うそ」

真理は思わず声を洩《も》らす。

一瞬、意識が混乱し、胸の内側で心臓がドクンと鳴った。激しくかき乱された感情を何とか寄せ集めるようにして、真理は今一度、彼を見た。

俊哉は遠慮がちに笑い、少し頭を下げた。その他人行儀な態度に、真理はなおも途惑い、目をしばたたいてから、これが夢や幻でないことを理解した。彼は少し歩いて、真理の前に立ち止まった。

「どうしてここに？」

訊《き》かれて俊哉は狼狽《うろた》えた顔になった。

「メール、読まなかったの？」

真理は小さくかぶりを振った。

「そうか」

俊哉は寂しげに目を逸《そ》らした。「あれからいろいろあってさ。ずいぶんと迷ったんだけど、どうしても真理に会いたかった」

彼が着ているシャツも登山靴も、真新しいことに気づいた。ザックだってそうだ。さっきから違和感があったのは、つまりそういうことだったのだ。髪型だって、あの頃とはぜんぜん違う。音楽をやってたなんて微塵《みじん》も感じさせない、ごく普通の若者だった。

「そのためにわざわざ？」

少し恥ずかしげに俊哉が頷《うなず》いた。「体力には自信があったけど、やっぱりきついな。日本で二番目に高い山って伊達《だて》じゃないよ。でも、こうして会えて良かった」

その言葉が心の中で空回りする。困惑を押しのけ、怒りがこみ上げてきた。

「今さら何いってんの！」

自分を鼓舞して声を放った。

周囲にいる登山者たちが驚いてふたりを見たが、それどころではなかった。

「だって、これまでのこと、謝りたかったから」

「謝ってどうなることでもないと思う」

無意識に自分の左手首を右手で隠していることに気づいて、そっと後ろ手にした。

「気が済まなかったんだ」

「それってあなたの都合じゃないの」

俊哉は驚いたように目を見開き、また視線を逸らした。「そうだよな」

「莫迦じゃないの」

口にしたとたん、急に涙がこみ上げてきた。あわてて拳で目元を拭った。

——お客さんと知り合いかい？　そんなところで突っ立って話してないで、小屋の中に入れてさしあげたらどうだい？

その声に、真理は驚いて振り向いてしまった。

小屋の入口前に雅之が立っている。ズボンのポケットに両手を入れていた。

涙目になっている真理を見た雅之が一瞬、あっけにとられていたが、ふっと気まずそうに視線を逸らし、困った顔で笑みを浮かべた。


一階の食堂スペースに他の登山者はいなかった。いちばん隅のテーブルで、俊哉と向かい合わせに座っていた。真理としてはいやでたまらなかったが、雅之がふたりの場所を作ってくれた。事情を知らぬがゆえの好意だが、断ることができなかった。

しばらくふたりに会話はなく、真理は俯《うつむ》き、俊哉は背後の壁に飾られたいくつかの山の風景写真のパネルを、ただ意味もなく見つめている。

そんな重苦しい沈黙の時間がいったいどれぐらい続いただろうか。少し前、エプロン姿の里村が持ってきてくれた湯飲みのお茶がふたつ、どちらもすっかり冷めていた。

「あのさ……」

口火を切ったのは俊哉だった。しかしそのあとが続かない。

「ずいぶん雰囲気が変わったのね」

　仕方なく真理がそういった。

「音楽、やめたんだ。今は練馬《ねりま》の車検工場で働いてる」

「そう」

　しばしの沈黙がまたあって、俊哉がこういった。

「君がいなくなって、俺、どれだけおろかだったか、いやってほどわかった。あの頃のことを思い出すたびに、自分が許せなくなるんだ。長いこと、あれこれ考えてきたけど、やっぱりどうしても君に会ってお詫《わ》びをいいたかった」

「それで私たち、よりが戻るとでも思ってるの？」

　俊哉は口を引き結んだ。明らかに狼狽《ろうばい》していた。

「そんなこと、考えてないよ」

「あなたはそれで自分の悩みが解決するかもしれないけど、私はずっと過去に引きずられてるの。この山にいれば、そんなことを忘れられると思ってたのに、とうとうこんな場所まであなたが来てしまった」

　俊哉はハッと真理を見て、また目を離し、つらそうに顔を歪《ゆが》めた。

「あれから私ね……」

　いいかけて、真理は口をつぐんだ。今さら口にしてどうなるのだろうと思った。

　涙がこみ上げてきて、あらぬほうを向いて目をしばたたいた。洟《はな》をすすり、涙を掌《てのひら》で拭ったあと、左手首から覗《のぞ》いていたナイキのリストバンドをあわてて袖《そで》で隠した。

「実は、少し前に君のこと、エミちゃんから聞いた」

真理は驚いた。「村下恵美《むらしたえみ》?」

俊哉が頷く。

互いの共通の友達だった。真理にとっては短大の同窓生。俊哉にとっては彼のバンドのファンのひとりだった。いっしょにライヴを聴きにいくはずが、恵美にすっぽかされたことがきっかけで、彼と付き合うようになったのは皮肉な話だった。

「聞いたって、どんなことを?」

「婚約がダメになったこととか、お腹の子供のこととか……」

真理は顔をしかめた。

恵美とは長く会ってはいないが、そんな大事なことをあっさり俊哉に洩らしたのかと呆《あき》れた。もしやあのあとで、恵美は俊哉と付き合うようになったのかもしれないと想像したが、今さら詮索《せんさく》したって何の意味もなかった。

「何かしてあげられることはないかい? 俺がやれることだったら、何でもするから」

真理は小さく首を横に振った。

「あなたがどれだけ誠意を見せてくれたって、責任を取れるわけじゃないでしょ」

「それはそうだけど」

俊哉は悲しげに目を潤《うる》ませている。そんな姿を見ているうち、昔の自分だったら、もしかすると同情してしまったかもしれないと考えた。でも、今は違う。いっときの感情にほだされたりはしない。ここは、私の聖域。ただひとつの居場所なんだから。

真理はそっと自分のお腹に手を当てた。

ずいぶんと迷った。本当ならちゃんと産んで、親になって、育てるべきだった。しかし、やっぱり勇気がなかった。

「子供のこと、ショックだったよ。でも、あのときはどうしようもなかったと思う。もっとも俺たち、そんなつもりじゃなかったし……」

「そんなつもりじゃなかった？」

思わず声が大きくなった。「ねえ。子供を堕《お》ろすってどういうことか、わかってる？生まれてくるひとつの生命を殺してしまうってことなんだよ。だから私、その罪をずっと背負って生きてるんだよ」

声が震えた。

ギュッと奥歯を噛《か》んだ。こみ上げてくるものを押し込めた。

俊哉は凝然と真理を見つめ、ぶつけられた言葉に明らかに打ちのめされていた。わずかに視線を泳がせ、唇を噛みしめて俯き、それきり黙り込んだ。

「もう帰って。二度と私の前に姿を見せないで」

真理は乱暴に椅子を引いて立ち上がった。

肩をいからせながら通路を歩き、小屋の出入口に向かう。厨房《ちゅうぼう》からいくつかの視線を感じた。窓越しに知佳や里村たちの顔がちらと見えた気がしたが、あえて視線を向けなかった。下駄箱のサンダルをとって履くと急ぎ足に歩いた。

帳場の前を通り過ぎるとき、受付窓口の向こうに和洋が立っていた。黙って真理を見つめている。目を逸《そ》らし、小さく頭を下げると、扉を開き、外に出た。

その場でわっと泣き出したかったが、できなかった。

大勢の登山者たちが小屋の周囲でくつろぎ、写真を撮り合っていた。

標柱にあの犬がつながれている。臙脂《えんじ》の首輪を付けた犬。そこに向かって歩き、真理はしゃがみ込んだ。

犬が悲しげに「くんくん」と鳴き、つぶらな目で見上げながら前肢《まえあし》を上げた。それをそっと握ると、思わず犬を抱き寄せた。温かい被毛の柔らかさに顔を埋《うず》め、真理は声を殺して泣いた。

*

俊哉は独りで小屋を去ったらしい。そのことを真理は知らなかった。というのも、あのあとずっと女子部屋に引きこもっていたからだ。彼が山頂にも向かわず、小屋から下っていったと報告してきたのは知佳だった。ずいぶんしょげた様子で、うなだれて去って行ったと。

時間が時間だけに、今日のうちに麓《ふもと》まで下るのは無理だろうから、おそらく途中の白根御池小屋に泊まることになるだろう。

和洋が午後の夕食の仕込みは休んでいいと許可をくれたので、寝床に横になり、薄暗い天井を睨《にら》むように見ながら、あれこれと考えていた。

もちろん同情なんかこれっぽっちもなかった。わざわざ古傷を抉《えぐ》るために、こんな場所まで押しかけてきた彼のことを、憎みこそしなかったが、さげすんだ。一方で哀れにも思えた。昔の突っ張った威勢はどこかに消えて、すっかり肝っ玉の縮んだ情けない姿をさらしにきたようなものだ。

あれこれと想いをめぐらせているうち、錐《きり》で刺される心の痛みと寒々しい悲しみがともにこみ上げてきて、どうしようもなくなった。

ふいにヘリポートのことを思った。

やっぱりあそこで独り泣いてこよう。

フリースを取って女子部屋をそっと抜け出し、小屋の勝手口からサンダルを履いて、外に出た。小屋の正面に出て、資材などが置かれた広場をゆっくりと歩く。

ひんやりとした空気に満ちた、九月の山の夕暮れ。

空は群青色に染まって、西の中央アルプスの上辺りに茜色《あかねいろ》の雲が少したなびいている。

小屋の周囲には登山者の姿はなく、稜線《りようせん》の少し下にある幕営指定地に無秩序な点描のように、色とりどりのテントがそれぞれ内側の明かりを灯《とも》し、その光が薄闇ににじむように見えている。

ふと気づけば、標柱につながれていた犬の姿がなかった。

和洋か、それとも雅之が小屋の中に連れて行ったのだろうか。これから夜中にかけて気温もどんどん下がっていく。いくら犬でも外につなぎっぱなしは可哀想だ。

真理はサンダル履きで歩き、資材を積んだスペースの先にあるヘリポートに足を運んだ。いつも座る大きな石を見つけて、そこに腰を下ろした。石は氷のようにひんやりと冷たかった。

それにしても奇妙だった。

ヘリポートの近くも幕営指定地になっている。たいていはいくつかのテントが張られているのに、このときにかぎって見渡すかぎりひとつもなかった。しかし、おかげで人目を避けてここにいられる。真理は石の上に座り込み、自分の肩を抱きしめながら背を丸くして俯《うつむ》いていた。

そうだ。自分はここに泣きにきたのだと思った。とたんに心の奥から悲しみがこみ上げてきて、たまらず嗚咽《おえつ》した。立てた両足の膝頭《ひざがしら》に頬を押しつけるようにして、肩をふるわせながら泣いた。

＊

翌朝、客たちの見送りが終わり、全館の掃除が終了したあとで、雅之を入れたスタッフ全員でミーティングとなった。一階の食堂の長テーブルをふたつ並べてつけ、囲むように集った。和洋がいくつか議題を出し、話し合うのがいつものやり方だ。

そんな中、やはり犬の話が出た。

切り出したのは和洋だった。

「親父はいやだろうけど、やはり動物愛護指導センターにつれていくべきだと思う」

隣に座っていた雅之のこめかみ辺りに、青い筋が浮いたのを真理は見てしまった。

「動物愛護ったって名ばかりで、引き取り手がなければいずれは処分されるんだろう？」

腕組みをしながらいう雅之をちらと見て、和洋は眉根《まゆね》を寄せて下を向く。しばし口の端に皺《しわ》を寄せていたが、思い切っていった。

「いつまでもここに置いておくわけにはいかないし、だったらどうするんですか」

スタッフ一同が沈黙し、その場が重い空気に包まれた。

あの犬は今また表の標柱につながれている。小屋にたどり着いた登山者たちに撫《な》でられたりして愛嬌《あいきょう》を振りまいている。いっしょに写真を撮る者たちもいるし、SNSなどで〝肩の小屋に迷い込んだ野良犬〟の話題が次第に広まっているようだ。もしも飼い主が見たら連絡してくるだろうと真理は思っていたが、いっこうにそんな様子がなかった。

「うちで飼えばいい」

雅之がポツリといった。

和洋が顔を上げる。「だから、山小屋で犬なんか飼えませんって」

「ここじゃない。芦安の家の話だ。今だって二頭ばかりいるんだから、あと一頭増えたって別にかまやしない」

「そうはいっても、犬の世話はいつもお袋が……」

雅之は少し険しい顔をしたが、自分に納得させるように小さく頷《うなず》いた。「あいつには頭を下げて頼むつもりだ。俺だって、いつまでもこの小屋にいられるわけじゃないし、じきに山を下りて、犬たちの相手をしてやらにゃならんからな」

山を下りるというのは、小屋の仕事をリタイアするという意味だ。

「もし飼い主が出てきたら？」

「そんときはすんなり引き渡すよ。犬の幸せを思えばそのほうがいい」

「だったら親父が責任を持って犬を連れて下りてください。いいですね」

和洋がそういったとき、真理が反射的に手を挙げていた。

「あの……その役、私がやってもいいですか」

雅之が驚いて振り向く。「どうして真理ちゃんが？」

「ちょっと気分転換というか、麓まで下りてみたいんです」

「それはいいけど、ともあれお袋の許可を取らないとなあ」

困ったような顔で和洋が笑う。

「じゃ、私。下山の準備をしておきますね」

納得したのかしないのか。和洋は複雑な顔でわざとらしく小さく咳払《せきばら》いをする。それからいつものミーティングの議題になって、掃除の役割分担の変更や、仕事の反省点などを話し合い、解散となった。

雅之が芦安の家に電話を入れると、やはり夫人との間にすったもんだがあったらしい。けっきょく近所に住んでいる雅之の弟、令治《れいじ》が犬を引き取ることになったようだ。わざわざ広河原まで令治が迎えに来てくれるというので、真理はその日のうちに人を連れて下山することになった。

久しぶりにザックを背負い、硬い登山靴を履いた。とんぼ返りのつもりだったが、どうせなら登山口にある広河原山荘でジェラートでも食べて帰ってこようと思っていた。出がけに帳場を覗《のぞ》くと、中に立っていた雅之が「悪いね」といって照れ笑いを浮かべた。

出入口の外で知佳が見送ってくれた。

キャンプ用の細引きコードで簡単なリードを作り、犬の首輪に結んでいると、知佳がやってきて隣にしゃがみ込んだ。名残惜しそうに犬の頭を撫でているのを見れば、彼女も犬が好きだったようだ。

「昨日、独りでヘリポートに行ってたでしょ」

振り向きざま知佳にいわれ、真理は少し狼狽《うろた》えた。「また、見てたの？」

知佳は少し照れたように笑った。

「実は、みんなで見てた」

真理は赤らんだ顔を背け、黙り込んでしまった。

「ごめんね。だけど、きっと真理があそこに行くだろうって思ってたし、だから和洋さんが気を利かせてテント場を空けてくれてたんだ。〝資材を置くので、離れた場所まで移動してください〟ってお客さんに嘘までついて」

驚いた。

だからあのとき、ヘリポート近くにテントがひと張りもなかったのだ。

その瞬間、また熱い何かがこみ上げてきて、真理はあわててよそを向いた。瞬《まばた》きを繰り返して、目頭の涙を拭《ぬぐ》った。少し洟《はな》をすすって向き直った。

「みんなにありがとうっていって」

か細い声が出た。知佳が微笑み、頷いた。


空はあくまでも澄み切っていて、太陽は中天にかかろうとしていた。

腕時計を見ると、午前十時をまわったところだ。

真理は犬を引きながら、小太郎尾根の稜線をたどった。

風が涼しく、本格的な秋の気配を感じさせた。登山道から滑り落ちるような斜面を見ると、絨毯《じゅうたん》のように広がるウラシマツツジがほんのりと赤く染まっている。これが今月下旬頃、鮮やかに朱を散らして見事な紅葉になるのだ。

トレイルは尾根筋をうねりながら続いている。下の御池方面から登ってくる登山者たちとたびたびすれ違い、挨拶《あいさつ》を交わす。彼女が連れた犬を見て、大げさに「可愛い」と騒ぐ女性もいた。

二ヵ所の鎖場を無事に通過し、小太郎山分岐点を右へ。そこからは草すべりの急登下りになる。真理は犬を連れて、ゆっくりした歩調で下り始めた。

いろいろな思いが頭をよぎった。

肩の小屋で働く人々。小林和洋と雅之親子。知佳や篠田、大川たちバイトスタッフ。ボロボロに心が傷ついた自分が安心していられる場所として、肩の小屋があった。ここは自分にとってゆいいつの居場所だった。けれども、みんなに気を利かせてもらったり、優しくされたりすることがかえって心苦しかった。

そんなとき里村がやってきた。不幸を一身に背負ったような初老の男性が、どうして山小屋なんかで働こうと思ったのか。そんな興味があった。今にして思えば、どこか不器用で、それでいて愚直なまでに懸命に働く彼の姿に、なんとなく自分自身を重ねていた気がする。まるでひび割れた鏡に映る自分を見るように。

里村もまた自分の居場所を探し、それを求めて、この山小屋に独りやってきた。

彼の身上に何があったか、よくは知らない。会社を定年退職し、これから送ろうと思っていた老後の人生が破綻《はたん》したという噂は耳にしていた。そんな中、里村はまるで嵐の海を必死にわたり、命からがら漂着するように、この山小屋にやってきたのだ。

世間から逃げ、現実から逃避し、やむにやまれずこんな人里離れた山の中で暮らし、働いている自分にはずっと不安がつきまとっていた。しょせんは腰掛けでいるだけの場所かもしれない。根無し草は、いつかまた流されてゆくしかないのだろう。

それでもいい。今は、この山小屋がとても居心地がいい。

スタッフみんなが自分の家族のように思える。

肩の小屋で働く彼らのことを、真理は実はあまり知らない。自分や里村同様、どうして標高三千メートルの小さな山小屋にやってきて共同生活をするようになったのか。各人それぞれの事情があるだろうに、けっして誰もそれを明かそうとしない。それでいて、なぜだか互いの心の中がすっかりわかっているように、個性を理解し合っている。

そんなつかず離れずの関係が、真理にはとても心地よく思えた。

ふと、連れて歩いている犬を見た。

この子だって同じなのかもしれない。自分の居場所を見失って、あちこちをさまよいながら何かを探しているのではなかろうか。雅之がこの犬を捨て置けなかったのも、自分の身上を重ねてしまったからでは？

「私だってそうだ……」

歩きながらそっと独りごちた。

自然と足が止まっていた。

ふと、俊哉のことが脳裡《のうり》に浮かんだ。山小屋のテーブルに向かって座り、悲しげに俯《うつむ》いているその姿。昨日、思い切って突き放したことを考えた。かすかに胸が痛む。

あれで良かったんだ。

記憶を振り払うように、真理はまた歩き出す。奥歯を噛《か》みしめていた。


草すべりを下りきって白根御池小屋の前に到着した。

外テーブルに数名の登山者がついていて談笑をしているが、小屋のスタッフらしい姿はない。正午が近かったので、そろそろ昼に出すカレーなどの軽食を作っている最中なのだろう。

少し離れたテーブルに白髪交じりの髭《ひげ》の男性がいた。素足にサンダル履きで、片足を膝《ひざ》の上に横たえながら爪を切っていた。パチン、パチンという音が聞こえる。

「ハコ長さん。こんにちは」

真理が声をかけると、男は振り向き、髭面《ひげづら》を歪《ゆが》めて笑った。

「やあ、大下さん」

白根御池の警備派出所に常駐する山岳救助隊の隊長。江草恭男警部補。

その視線が、真理が連れている犬に移った。

「今朝方、無線でうかがいましたけど迷子なんですってね」

「飼い主が見つかるまで、令治さんのところで引き取ってもらうことになりました」

「それはとりあえず良かったです」

江草はサンダルを履いて立ち上がり、犬の前でしゃがみ込んだ。たちまち尻尾《しっぽ》を振ってじゃれついてくる犬の顎《あご》下を撫《な》で、耳の後ろをカリカリとやって顔をほころばせている。いかにも犬の扱いに慣れた仕種だが、犬のほうも甘えっぷりが尋常ではない。犬好きの人間をちゃんとわかっているのだろう。

真理は微笑みながら、それを見ていた。

「ところで救助隊のみなさんは?」

「目下、三班に分かれて定時パトロール中です。二名ほどが怪我人を搬送して広河原に下りてます」

江草がいたテーブルの上に、小さな爪切りといっしょに、黒いトランシーバーが立ててあるのが見えた。

「怪我人って、事故があったんですか?」

江草が笑い、目尻《めじり》に皺《しわ》を刻んだ。「事故ってほどじゃないです。御池小屋に泊まってた男性のお客さんがひとり、下山中に第二ベンチの少し下辺りで足をくじいて動けなくなったんです。本人から携帯で連絡が入ったので、サポートのためにうちから出しました。若いのに、きっと山慣れしてなかったんだな。ザックも服装も新しかったし——」

最後の言葉を聞いて、真理の顔から笑みが消えた。

「その人、名前をうかがってもいいですか」

「塚崎さんと名乗られたそうです」

「まさか、下の名は……俊哉？」

真理を見つめて、江草が少し驚いた顔をしている。

「お知り合いですか」

仕方なく頷《うなず》いた。嘘はつけなかった。


急ぎ足で広河原に向かって下りた。

それまでのようにのんびりした足取りではないので、連れていた犬も途惑ったようにリードに引かれながらついてくる。

私は何を考えているのだろうか。真理は困惑しながら思いをめぐらせた。今さら俊哉に未練なんかないはず。そう、これっぽっちもない。

昨日、彼を思いきり突き放してせいせいしたはずだったのに、なぜかずっしあとを引いている。ふとした隙に、あいつの顔が思い浮かぶ。悲しげにうなだれた姿が脳裡に焼き付いている。

あんな奴、二度と顔も見たくない。

莫迦《ばか》野郎と心の中で叫ぶ。

なのに、なぜか急ぎ足になっている。体が勝手に動いている。

急登が終わって大樺沢左俣《ひだりまた》コースとの分岐点を過ぎた。最後の樹林帯を一気に抜けて野呂川にかかる吊橋《つりばし》を渡っていると、ちょうど対岸から赤とオレンジの救助隊の制服姿の男女がやってくるところだった。

複数の人間が渡るため、吊橋が不安定に揺れ始めた。

真理が足を止めていると、ふたりがやってきた。眼鏡を掛けた長身の男性と小柄な女性隊員のペアだった。

「こんにちは、真理さん」

挨拶をしてきたのは星野夏実隊員。隣に立っているのが深町敬仁《ふかまちたかひろ》隊員。彼らが恋人同士であることは、この山の関係者の間では公然のこととなっているが、たしかにお似合いの美男美女カップルだ。

真理は頭を下げて挨拶をした。

足下に停座している犬に、ふたりの目が行く。

「その子が小屋に上がってきたっていう犬？」

「ええ」

山岳救助犬のハンドラーである夏実に、他の犬の匂いがついているせいか、犬は鼻を鳴らし、興味深げに彼女の足下にまとわりつく。それを夏実が笑って見下ろしている。

「あの……要救助者の男の人は？」

おそるおそる訊《たず》ねると、夏実が顔を上げた。

「今、広河原山荘にいらっしゃいます。片側の足首の捻挫《ねんざ》だったから、テーピングをしただけでサポートしながら下りてこられたの。あの様子なら、何とか自力で歩けるようだし、バスに乗って帰られるようですよ」

「そうですか……」

「あ。もしかして、あの人がいってた肩の小屋の女の子って、真理さんのことかしら」

少し途惑ったが、仕方なく頷いた。「ええ」

「急いだほうがいい」

腕時計を見ながら深町隊員がいった。「午後二時のバスに乗るそうだから、あと十五分しかないよ」

「ありがとうございます」

また頭を下げると、ふたりと別れ、犬を連れて吊橋を渡り始めた。

野呂川の川面《かわも》が無数の宝石みたいにキラキラ光りながら、眼下を流れている。

見下ろしているうちに、誕生日に俊哉が渡してくれたブローチの輝きを思い出した。

いつもふたりで通ったライヴハウスの近くにあった宝石店。表通りに面したショーケース越しに、真理がいつも眺めていたブローチだった。それをこっそり買ってプレゼントしてくれたのだった。

あれ、どうしただろう。捨てた記憶がないから、きっとどこかに仕舞ってあるはず。

でも、今さらどうしてあんなものを思い出したのだろうか。

記憶が数珠繋《じゅずつな》ぎのように、次々と胸の奥からわいてきた。

風邪をひいて熱にうなされていたとき、徹夜で看病してくれた俊哉。

料理が下手なくせして意地を張り、真っ黒焦げな卵焼きを作ったあいつと目を合わせてふたりで爆笑した。

いっしょに映画館に足を運び、手をつないで観た映画〈ニュー・シネマ・パラダイス〉のリバイバル上映。ラストシーンでは私よりも号泣していた。

心が揺らいでいた。自分を否定したいのに、それができずにいた。

莫迦野郎と心の中で叫んだ。

あんな奴。くたばっちまえ。

いつの間にか涙があふれ、真理はそれを掌《てのひら》で拭《ぬぐ》った。俯きがちに、足早に歩く。犬が心配そうに見上げながらついてくる。


坂道の舗装路を下って野呂川広河原インフォメーションセンターに向かうと、砂利が敷かれた駐車スペースに白い軽トラックが停まっていた。

車の傍に作業ズボンに白い開襟シャツを着た、小林令治が立っていた。日焼けした顔立ちは兄の雅之に似ているが、やや痩《や》せている。令治もちょくちょく山小屋の仕事をしに登ってくるので、真理たちスタッフたちとは顔なじみだ。

「ご苦労様」

令治が笑いながら片手を上げ、真顔に戻った。

「どうしたね。やけに目が赤いじゃないか」

「ごめんなさい。花粉症なんです」洟《はな》をすすりながら、真理はごまかした。

犬が自分から令治の足下に行き、靴の周りを嗅《か》ぎ始めた。

「この犬だね」

「はい。よろしくお願いします」

ペコリとお辞儀をしてから、真理はいった。「あの……私、ちょっとここで用事がありますので、これで――」

令治は奇異な顔をしたが、リードを取ってしゃがみ込み、犬の頭を撫でているうちに気づいたらしい。

「さっきの足を捻挫して下りてきた彼かい？」

「え」

唐突にいわれて真理が佇立《ちょりつ》した。

「いやね。せっかく北岳まで来ておいて、頂上を踏まずに肩の小屋で引き返してきたなんて救助隊のふたりがいってたからな。それも女の子に会いに来るだけのためにさ」

視線をさまよわせている真理を見て、令治が大げさに体を揺らして笑った。

「だったら早く行ってやんな。山荘のロビーにいるはずだよ」

真理は頭を下げるや、小走りに駆けた。

バス停と乗合タクシーの乗り場をグルリと回り込んで、向かい側に建っている広河原山荘に向かった。

数年前に新築したばかりで、三階建て鉄筋コンクリート造りだが、表側はノッチが組まれた木造仕様だ。長いスロープになったエントランスを駆け抜け、正面入口のガラス扉を開くと、ホテルのように広いスペースが一階ロビーになっている。奥が広いレストラン。昼時を過ぎていたにもかかわらずテーブルに向かう大勢の客の姿があった。

その手前の壁際に黒い大きなペレットストーブが設置され、向かい合わせになったソファの片隅に彼が座っていた。右側の登山靴を脱いでいて、足首から下に白いテーピングが巻かれてあった。

真理は立ち止まった。

荒い息を少しずつ鎮めていく。けれども心臓がまだ早鐘《はやがね》を打っている。

俯《うつむ》いていた塚崎俊哉が視線に気づいたのか、ゆっくりと顔を上げた。

見つめるその眼差《まなざ》しが小刻みに揺らいでいた。

真理は足を踏み出し、彼に向かってまっすぐ歩き出した。

第五話　白虹《はっこう》

「名物、ですか？」

　里村乙彦に向けられた和洋の視線が驚きと好奇心に満ちていた。

　あわただしい朝食の時間が終わり、ほとんどの客たちを送り出したあと、スタッフ全員で厨房《ちゅうぼう》近くのテーブルを囲んで賄いを食べていた。その食事がそろそろ終わろうとしていたときだ。

　和洋の真正面に里村が座り、彼を見つめていた。

「はい。僭越《せんえつ》だとは思いましたが、ふと思いついたんです。山小屋といっても定番の料理だけじゃなく、そこだけで食べられる美味《おい》しいスペシャルメニューがあってもいいかなって。あるいは山に来るお客さんが、登山はもちろんですが、その料理を口にされる目的でこの小屋を訪れるような……」

　実際のところ、思いついたのは数日前だったのだが、なかなか口にする勇気がなかった。それが今朝のスタッフ同士の食事の会話の流れで、ふと切り出してもいいかなと思い、勇《ゆう》を鼓《こ》したのだった。

「そういえば最近は物輸のおかげで山小屋の食事も豪華になってきて、焼きたてのパンやケーキが食べられたり、お刺身やお寿司が出たりするところがあるそうですね」

大下真理が目を輝かせながらいった。「だったら、うちも何かあってもいいかも」

和洋はテーブルに箸《はし》を置き、腕組みをした。

「山で珍しいものといったら、たとえば海産物とかですかね」

篠田が愉快そうに笑う。「お酒だったら、各地の地酒とか名産があるけど」

「名物という提案に異論はないんですが、誰か、いいアイデアはありますか?」

和洋の声に、テーブルのいちばん端に座っていた雅之がこういった。

「名物ったって、なにも飲み食いするものだけとはかぎらんぞ」

和洋が苦笑した。「また看板犬なんていわないでくださいよ」

「いや。俺はだな、そんなことを……」

口を尖《とが》らせ、しきりに目をしばたたく雅之を笑って見ていた里村が、ふと真顔に戻り、こう切り出した。

「私、実はもう考えていたんです」

全員の視線が集中し、里村は緊張した。

わざとらしく咳払《せきばら》いをひとつして、彼はいった。

「北岳肩の小屋ですから、〝肩ロースの肉料理〟というのはいかがでしょうか?」

「何だ。駄洒落か」

ぶっきらぼうにいった篠田の言葉が周囲の沈黙を招き、それが里村に重くのしかかろうとしたときだった。

「いいんじゃないでしょうか！」

わざと大きな声で真理がいった。「肩の小屋で食べる肩ロース肉。それって何だか美味しそうです。きっと人気メニューになると思います」

「すでに八ヶ岳に霜降り牛のステーキを出す小屋があるっすけどね」と、三谷。

そこで里村がいい足した。

「牛ステーキとなると食費が上がってお客さんの負担が増えるから、豚でいいと思うんです。その代わり食材を吟味して、柔らかくて美味しいポークを仕入れたらいい。たとえばポークソテーだって、厚切りで美味しく作れば、充分に牛ステーキに対抗できるはずだし、きっとみなさんも喜んでくれると思います」

ふいに拍手が起こった。

雅之だった。満面の笑みを浮かべて、野球のグローブのように大きな手を叩《たた》いている。その場にいた全員にも笑顔が広がっていった。さっきまでむっつりしていた篠田ですら、愉快そうに笑みを浮かべている。

和洋が最後に笑う。

「〝肩の小屋の肩ロースソテー〟。そのアイデア、たしかに悪くないですね。さすがにフアミレスのマネージメントをやってらっしゃっただけのことはあります」

「たんなる思いつきです」

里村は頭を掻《か》き、恥ずかしくなって顔を赤らめた。

「ただし食材を選ばないといけないいな。下手な肉を使って、かえって評判を落とすのもいやだし」

和洋の言葉を受けて、彼の横にいた大川がこういった。

「甲府の〈ハギワラ精肉〉さんなら、いい肉を扱ってると思いますよ。前にいた山小屋では、よくお世話になってました」

「わかりました。さっそく電話で予約をとってから行ってみましょう」

「これって来年のシーズンの話ですよね？」

里村の質問に和洋が振り向く。

「もちろんそうですが、ただし来春からいきなりってわけにはいかないんです。だから、今季のうちに食材を吟味して、調理してみなきゃいけませんし、ちゃんと次のシーズンのスタートからお客さんに出せるように、食材の安定供給の確保をしなきゃいけません」

なるほどと里村は納得した。

「じゃ、決まりだな」

雅之のひと言で会話が終わり、全員で食べ終わった食器を厨房に運び始めた。

スウェットの袖《そで》を肘《ひじ》の上までまくり、頭にタオルを巻いて、口元にはマスク。里村は水をいっぱいくんだポリバケツを傍らに、ビニール手袋の右手でタワシを摑《つか》んで便器をこすっている。

九月も下旬になり、気温は低い。息が白く口から立ち昇るのに、額やこめかみから汗が流れ落ちている。トイレ掃除はたしかに重労働だが、それ以上に絶えず便器の落とし口から立ち昇ってくる臭気に文字通り閉口する。

肩の小屋の便所はカセット式の便槽になっている。いわゆる〝ポットン便所〟である。だから排泄《はいせつ》物の臭いがダイレクトに来る。

ここで働き始めた当初はつらかった。汚れと臭いに顔をしかめ、一度ならず便器に嘔《おう》吐《と》したこともある。しかしそんなことをやっているうちにだんだんと慣れてきた。麻痺《まひ》してきたともいえる。人間はどんな環境にも適応できるのだと、あらためて納得した。

それにつけても、毎度のように思う。泊まりの客たちがきれいに使ってくれているならまだしも、ひどい汚れは当たり前。何しろ複数の客が使うから、中には行儀の悪い人間だっている。酔っ払いもいる。便器の縁にこびりついて固まった便。周囲に飛び散った小便の染み。分別のため、〝使用済みのトイレットペーパーは備え付けの紙箱に入れてください〟と書いてあるにもかかわらず、大量のペーパーが便槽に落ちている。日頃の癖でついついやってしまうのか、それとも面倒だからと落としてしまうのか。

山小屋で働くようになってよくわかった。

人間というのはものを食べ、排泄する生き物だと。

考えてみれば当たり前のことなのだ。今まではすべてがきれい事になっていた。清潔な水洗便所。シャワートイレで汚れを洗い、落とした汚物はレバーひとつで排水口に流れていく。食べ物だって同じだ。肉も魚もきれいに切られ、パッキングされた形で店の棚に並んでいる。それがすべてもとは自由に生きていた存在であることを、ほとんどの人が忘れている。

山小屋での仕事と暮らしは、いたってシンプルだった。

夜明け前に目を覚まし、必死に働き、休み、また働いて、そして暗くなれば寝る。それだけを毎日のように繰り返す。まったく無駄のない単調なサイクルだからこそ、今まで気づかなかったことに気づいてゆく。

それにしても、その単調なサイクルを繰り返す日々がもたらすこの充実感はいったい何なのだろうか。山小屋の仕事はたしかにキツい。しかしキツいながらも、毎年のようにリピーターが戻ってきては、同じ顔ぶれがここで働く。その意味が、なんとなくだが、里村にはわかってきた気がする。

奇妙なことにトイレ掃除のような単調な作業をしていると、あれこれといろんな思いが浮かんでは消える。とりわけ過去のいやな思い出が、水に浮かぶうたかたのように現れては流れてゆく。

白樺湖で娘が溺《おぼ》れかけた事故をまた思い出した。

その記憶を、出てきた場所に無理に押し戻したとたん、今度は定年退職した日の出来事が心によみがえった。紀代実から投げられたひと言ひと言が、胸に刺さったままだった。

周りに誰もいないのをいいことに、ギュッと奥歯を嚙《か》みしめる。小さく声を洩《も》らしてしまう。

酒を飲めば、すべて忘れられる。きっと楽になる。

心のどこかに悪魔のささやく声がしていた。

今さら何をいう。私はきっぱりと酒断ちをしたんだ。もうアルコールへの未練なんかこれっぽっちもないんだ。自分にいい聞かせながら、便器の掃除を続けていた。

——私はね。生まれたときからずっと人生の敗者なんです。

唐突に、意識の中に声がした。

里村はタワシを動かす手を止めた。思わず、肩越しに後ろを見てしまう。

山小屋の狭いトイレの個室。薄闇にまぎれるように幽霊が立っているような気がし、里村はわずかに肩をすぼめた。しかしそこには誰もいない。何もない。

また前を向き、彼はタワシを強く握って便器を磨いた。

一心に磨き続けた。

ふと、昔の出来事を思い出した。声の正体がわかった。

＊

〈レストラン・スピッツ・ホールディングス〉の都内各店舗には、厨房《ちゅうぼう》に隣接してバックルームがある。いわゆる控え室であり、従業員の休憩場所や更衣室、MGR（マネージャー）の事務空間があり、店によっては簡易なシャワー室などもあった。

四十五歳で本部の人材管理課長になるまで、里村はエリアマネージャーとして担当する店舗を回っては監督指導していた。空いている時間は客席で面談することもあるが、このバックルームがなじみの場所だった。

都内北《きた》区のあるその支店は他の店舗に比べて業務成績が悪く、明らかに客足が引いていた。そのため、本部で問題視されていた。里村は足繁くこの店に通っては指導をしていた。エリアマネージャーは立場上、店のホールスタッフなどから嫌われることもあり、彼が姿を見せると明らかに店員たちが緊張し、距離を空けた。それは仕方のないことだった。里村はそんな事情をわかっていながらも、店のフロアに足を踏み入れ、店内を見て回り、バックルームに入って彼らと面談する。

自分の仕事として、担当店の業績を上げなければならず、いきおい店の責任者であるマネージャーや店員たちへの叱責《しっせき》は激しくなる。売り上げ成績はあらかじめPOSで本部に届いて情報管理されているので、この店の成績の悪さは上層部でもかなり評判が悪かった。その監督責任を背負って来ているのだから仕方ない。

この店は明らかに見た目からして劣悪な部分があった。食店内の清掃が行き届いておらず、テーブルと椅子のセッティングはいい加減だし、食べこぼしが拭《ふ》き取れていなかったり、往来に面したガラス窓には客の残した指紋が目立っていたりする。客からのアンケートでは、注文して運ばれてくるまでが遅いとか、違ったものが出されたなど、初歩的なミスも目立つ。また、一部店員の接客態度も問題があるようだった。

また、この店ではデリバリーも請け負っているのだが、誤配や受注ミスは何度もあったし、客とのトラブルも絶えなかった。

マネージャーは小森《こもり》といい、その名の通り小柄な中年男性で、頭頂近くまで禿《は》げ上がった額にいつも脂汗をかいていた。皺《しわ》が残り、汚れた服装もだらしなく、外食産業の職場に与《あずか》る人間としては不潔なイメージがあった。里村と対面すると常におどおどした態度で視線を合わせず、猫背でうなだれるばかり。そもそも接客業たるレストランのまとめ役としてふさわしい人物ではなく、どこか小役人的なイメージをまとっていた。

そんな小森と面と向かって話しているとき、里村はいつも激しい苛立《いらだ》ちに襲われた。まさに暖簾《のれん》に腕押し、糠《ぬか》に釘《くぎ》といった感じで、投げた言葉に対して、この男から跳ね返ってくるものが何もなかった。ひたすら怯《おび》えたように背を丸くして叱咤《しった》に耐え、ただ時間が過ぎることだけを待っているような感じがした。当然、いくら指導を重ねても、店の経営状況はほとんど変わらず、他店と比べて売り上げは落ち込む一方で評判はさらに落ちていく。

　里村が小森を解雇したのはやむにやまれぬ判断だった。

　やがて本部から送り込まれた新マネージャーの下、スタッフも多くが刷新され、店は明らかに勢いを取り戻して業務成績が向上した。それは里村の手柄となり、本部における昇進が決定したのだった。

　小森がその後、どうなったのかを里村は知らなかった。自分が切った人間をいちいち気にかけていてはキリがないし、たとえ仕事を失っても、きっと社会のどこかで生きていくだろうと思っていた。

　それから二年後、たまさか小森の名と顔写真を新聞記事の中に見つけた。

　都内の電車の中で見知らぬ女性を刃物で刺して重傷を負わせた男が、乗客らに取り押さえられ、駆けつけた警察官たちに殺人未遂の現行犯で逮捕された。その名前に気づき、写真を見て、里村は驚いた。

　元風俗店勤務で現在は無職と書かれていたが、まぎれもなく、あの小森だった。

　警察の取調で彼はこう供述している。〝生活が苦しく、社会に不公平を感じていたため、誰かを殺して死ぬつもりだった。相手は誰でも良かった〟

　記事を読み、里村はショックを受けた。

　自分が解雇したことが犯罪に走る直接の原因ではないかもしれないが、本人がこうも落ちぶれるきっかけを与えてしまったのは間違いない。むろん言んで彼を切ったわけではないし、自分の職務としては致し方のないことだった。とはいえ、ずっと彼のことを忘れられず、心の片隅に残っていたのである。

記事の中にあった顔写真が、今でも脳裡《のうり》に残像を作っている。解雇した店のバックルームの椅子に座り、俯《うつむ》いていた小森の姿が、そこに重なっていた。解雇をいいわたしたとき、彼がポツリといった。

——私はね。生まれたときからずっと人生の敗者なんです。

ずっと忘れていた小森の言葉だった。

それがどうして唐突に、今になってよみがえってきたのだろうか。

もしも人の一生に勝ち負けというものがあるとすれば、それはきっと自分白身が招いた結果なのだと、そのとき里村は思った。努力をすればちゃんと報われるのに、その努力を怠った結果なのだ。

果たして本当にそうだったのだろうか。

＊

翌朝の九時過ぎ。和洋はいつもの米田と飯窪を誘って〝山頂ダッシュ〟に出発した。

里村は計測をまかされ、和洋のApple Watchを持って表のベンチに座り、彼らの帰りをぼうっと待っている。

空はやや曇りがちだったが、気温はさほど下がっておらず、風が心地よい。

ベンチから見える頂稜《ちょうりょう》に目をやった。三人の姿が急登の途中に芥子粒《けしつぶ》ぐらいの大きさに見えている。こんなに遠くから見上げても、その駿足《しゅんそく》がわかるのが驚きだ。オフシーズンは各地のマラソン大会の常連らしく、日々、鍛えているというよりも体力を持て余しているという感じがする。

若さがうらやましかった。

登山道を走るトレイルランニングが知られているが、それすら里村には縁遠い世界だったのに、彼らはほぼ全速力で、二百メートルの標高差を二十分程度で往復してしまう。そんな底知れぬパワーには敬服するばかりだ。

しかし自分も意外に捨てたものではなかった。六十五歳の体に鞭打《むちう》ってこんな場所までたどり着き、のみならず、もうふた月もここで働いている。

その間、あれやこれやと過去を振り返り、おのが心の傷を抉《えぐ》ることもあったし、自己反省もずいぶんとした。

かつて勝ち組、負け組などという言葉が流行した。自分もその尻馬《しりうま》に乗ったように、人生の勝ち組であれと、おのれを叱咤しながらあくせく働いてきた。それが唯一無二の生き方だと信じ切っていた。あのとき小森を解雇したのも、そんな自己過信があったからだ。会社に敗残者はいらないと本気で思っていた。

そんな一切合切が、定年退職をしたあの日、あっけなく崩れ去ってしまった。

この山小屋で働き始め、右も左もわからずに失敗を続け、叱られる自分の姿。今にして思えば、それがあの小森に重なっていた。里村が業務指導をし、猫背になってうなだれる小森は、まさにここでの自分自身だった。

きっと彼も同じ思いだったはずだ。いや、おそらくもっと深刻な絶望に打ちひしがれたに違いない。あげく、自制を失って凶行に走ってしまった。もしかすると、彼と自分との違いは紙一重だったのかもしれない。

捨て鉢になって部屋にこもり、ひたすら酒を飲んでいた日々を思い出した。もしもあのとき、娘からの一本の電話がなければ――。

かすかな鳥の声に気づいた。

頂稜から視線を戻すと、灰色に茶褐色の混じった高山鳥が近くにいて、地面の何かをついばんでいた。チリリ、チリリと遠慮がちな地鳴きが聞こえる。

いつも登山道や小屋の周辺にいる馴染《なじ》みの鳥で、和洋から名前を教えてもらった。イワヒバリというらしい。周囲を歩いたり、立ち止まったりしている登山者たちを恐れることもなく、軽快に飛び跳ねては里村の近くにやってくると、羽を震わせて小首をかしげた。その可愛い仕種に思わず笑う。

人に慣れているというか、人の怖さを知らないのだろう。小屋の近くに棲息《せいそく》する特別天然記念物の雷鳥もそうらしい。それだけ山にいる動植物は無垢《むく》で手つかずの存在なのだ。いや、この山という世界そのものが汚れのない、ピュアな場所なのだろう。

後ろから左肩を叩《たた》かれ、里村はびっくりした。

いつもの青のジャンパー姿の雅之が笑いながら背後に立っていた。

「隣、いいかい」

頷《うなず》いて少しスペースを空けると、そこにゆっくり腰を落として座った。片手で左膝《ひだりひざ》をゆっくり撫《な》でている。

彼は北岳の頂稜を指差し、いった。

「まだ、てっぺんに登ってないのか」

里村はつられるようにそっちを見てから、いった。「ええ。まだです」

「頑固だな、あんたも」

「自分が納得してから行ってみたいんです」

「そうか」

雅之は目を細めながら、頷いた。

「そういえば、さっき令治から電話があってな。あの犬だが、飼い主が見つかったそうだ」

良かったですねといおうとして、ふと言葉を押しとどめた。雅之にしてみれば、やはり寂しかろう。あの犬には未練があったはずだ。

「家族で夜叉神《やしゃじん》の登山口に遊びにきていて、そこで犬がいなくなったってんだな」

「夜叉神からですか。ここまでずいぶんな距離を歩いてきたんですね」

「雑種だが、たしかに甲斐《かい》犬の血が混じってた。あれはもともと山の犬だから足腰が強いんだよ。うちの奴らも、山で引いて歩いた犬はみんな元気で長生きだった」

「雅之さん。本当に犬がお好きなんですね」

「ああ」目尻《めじり》に皺を刻み、雅之が笑みを浮かべる。「好きだねえ。犬は家族だし、友人だ。それにあいつらは絶対に裏切らない。いつも最後まで添い遂げたいと思うよ」

添い遂げる、か。

ふとまた別れた元妻のことを思い出し、軽く唇を噛《か》む。裏切ったのは、きっと自分のほうだ。結婚した当初、彼女はあんな人生を送るつもりはなかったはずだから。

それきり会話が途切れ、ふたりして頂稜を見上げていた。

そろそろ和洋たちが折り返して下りてくるはずだが、まだ姿は見えない。

「なんで、この山に来たんだね」

唐突に訊《き》かれた。それまでなかったことだった。

ひとたびは諦《あきら》めたはずの自分をここにとどめてくれたのは、他ならぬ雅之だった。だから、いつかすべてを話そうと思っていた。

「実は、春に定年退職したんです。仕事はずっと上向きだったし、順調に出世してたから、まさに円満退社だったと思います。だけど、私には戻るべき家がなかった。妻に背を向けられましてね。在職中、ずっとあいつに迷惑をかけてたことにまったく気づかなかった」

「そりゃ、あんた。仕事仕事で家庭を顧みなかったんだろう？　俺もそうだよ。だから、たまに家に帰るとカミさんに皮肉をいわれる」

　里村は笑って頷いた。今だから、笑える。

「あの頃はちっともわからなかった。でも、今になると突然、いろいろと見えてきました。ずっと自分中心に物事を見てばかりだったんでしょう。視点が変わったんですね。少し離れた場所から自分を見ることができるようになりました。だからかな。こうして小屋で働かせていただいていても、自分がひょっとして誰かに迷惑をかけてるんじゃないかって思ってしまうんです。逐一、気にしていても仕方ないって思うんですが」

「そりゃ、あんたが無駄に歳を取らなかったってことじゃないか」

　雅之が顔いっぱいに皺《しわ》を刻んで笑った。そうしてまた膝を撫でた。

「歳を取ると、どうしても体は衰えるが、それまでの経験が蓄積して知恵となって生きてくるんだよ。だから七十七になる俺が十年前の自分を思うと、あれこれと恥ずかしい。六十代の頃だって五十代の自分は恥ずかしいと思ってた。ま、人間ってのはそんなもんだ」

「言葉が胸に刺さります」

　里村は少し眉根《まゆね》を寄せた。

「あんたは自分を変えようと思った。だからそれまでのあんたにオサラバして、酒をきっぱり断ってこの山に来たんだ。きっとそういう運命だったんだろう。人生はめぐり合わせの連続だよ。だけど、そのことに気づく者もいれば、気づかない者もいっぱいいる。十人十色って奴だな」

雅之は周囲に目をやって、あちこちで歓談したり、写真を撮影したりする登山者を見た。

「この山にもいろんな人がやってくる。山登りの歩き方を見れば、その人がどんな人生をたどってきたか、なんとなくだけどわかるよ。急ぎ足に登る人もいれば、ゆっくりと景色を見ながら歩く人もいる。ニコニコ笑いながら登る人もいれば、むっつりと不機嫌な顔で声もなく登ってる人もいる。いい悪いの問題じゃないんだ」

かすかな音がして、ふたりで振り向いた。

頂稜《ちょうりょう》からの急坂を和洋たち三人が駆け下りてくる姿が小さく見えた。土煙とともに乱雑な靴音が聞こえてくる。三人のうちの誰かがヤンキーっぽく甲高い奇声を発していた。

「やっぱり若いってのはいいよなあ」

雅之はまた自分の左膝をそっと撫でると、ゆっくりと立ち上がった。「俺もそろそろ潮時かもしれん」

背中を向けて、小屋のほうへと歩き出す。

「雅之さん……」

里村は思わずつぶやき、少し寂しげな青いジャンパーの背中を見つめた。

昼食の準備まで少し時間があった。仮眠をとるため、スタッフルームに向かおうと階段に片足を乗せたとき、どこかからアコースティックギターの音が聞こえた。

里村は無意識に耳をすましていた。

ときおり聞こえるギターの音は小屋の裏口からだった。

少し迷ったが、引き寄せられるように、そちらのほうに足を向けてみた。ふたつ並ぶ更衣室の向かいに乾燥室があって、そのまま勝手口に通じている。そこからサンダル履きになって里村は外に出た。

小屋のトタンの壁と石積みに挟まれた狭い通路。突き当たりにはスタッフ専用風呂《ぶろ》があるが、その建物と古い洗濯機の間に置いた丸椅子に、ギターを弾いている男が座っていた。

里村は驚いて足を止めた。

頭に手ぬぐいを巻いた篠田だった。大柄な体にボロボロのシャツとズボン、素足に雪《せっ》駄《た》を履いて、組んだ足の上にギターを載せ、指に挟んだピックで弦を弾《はじ》いている。

里村の気配に気づいて、篠田が演奏をやめ、顔を上げた。

目が合ったとたん、髭面《ひげづら》を歪《ゆが》め、ニヤッと笑った。照れ笑いだと気づいた。

その顔はいつも厳しい指導をしてくるときの彼とは、まるで別人のようだった。

「ギター……弾かれるんですね」

篠田はまた照れたように手ぬぐいを巻いた頭に手をやった。

「宴会芸にもならん素人《しろうと》の趣味ですよ。下手くそだから、こんな場所で練習してんです」

「下手どころか、とてもお上手でした。今のはなんて曲ですか」

「スピッツの〈チェリー〉……知ってます？」

今度は里村が頭に手をやる番だった。苦笑いに顔が歪む。

「たしか娘が高校時代からよく聴いてたグループでしたけど、歌のほうはさっぱりです。というか、芸能関係は苦手でして」

「私もね、今どきの流行歌はついていけんのですが、小屋に来る若いお客さんからリクエストされるんで、いやいやこうやって練習してんです。星野源《ほしのげん》とかあいみょんとかYOASOBIなんか……」

それらの名は聞いたことがあるものの、どれも歌は知らなかった。

「篠田さん、失礼ですけどおいくつですか」

「今年で五十になります。でも、私はどっちかっていうと古いフォークソングが好きですね。もともとそれを弾きたくてギターやってんです。里村さんは何か楽器とかは？」

ふいに懐かしく思い出した。

「十代の頃、ちょっとだけギター、練習しました」

「ほう。どんなレパートリーでした？」

「いやぁ、レパートリーってほど多くはなかったです。お恥ずかしい懐メロなんですが、もっぱら挑戦したのがジョン・デンバーの〈太陽を背にうけて〉でした。ろくにやらないうちに、弦を押さえる指先が痛くてやめましたけど」

とたんに篠田の顔がクシャクシャにほころんだ。彼のそんな表情を見たことがなかった。

「いい曲じゃないですか。ちょっとやってみますか？」

ギターを差し出され、あわててかぶりを振った。

「はは、ご勘弁を。歌詞もコードもすっかり忘れました」

篠田は黙ってギターをまた膝に載せた。左手でネックをつかむと、もう一方の手の指でポロンと弾いた。

アルペジオで音を奏でつつ、英語の歌詞を静かに口ずさんだ。

あの頃を思い出す、懐かしいアメリカのフォークソングだった。

里村はうっとりと聴きいり、やがて思い出した歌詞をいっしょに口ずさんだ。

＊

二日後、里村は和洋の運転するトヨタ・ランドクルーザーの助手席に座っていた。

肩の小屋を始め、北岳周辺の山小屋のほとんどは、甲府市内にある業務用食材専門商社から肉、魚、野菜、乾物、冷凍食品などをまとめて仕入れている。が、今回向かっている先は精肉専門の卸業者だ。

車は南アルプス市を出て釜無川《かまなし》にかかる橋を渡り、甲府市内に入ったところだった。国道二十号線の甲州街道《こうしゅうかいどう》に入ると、さっそく渋滞に引っかかった。和洋の話だと、ここらは常に信号渋滞があるのだという。自動車の免許を持たない里村は交通事情に疎く、ましてやまったく知らない街である。

「里村さん。料理がお上手になってきました」

ふいに和洋の声がした。

ランクルのけだるいアイドリング音の中、疲れもあって助手席でウトウトしかけていた里村がハッと瞼《まぶた》を開き、運転席を見た。

「包丁さばきが手馴《てな》れてきたし、焼き加減の見定めができるようになりました。それに盛り付けもなかなかきれいです」

「そういっていただけるとホッとします。でも、スタッフのみなさんは全員、ホントにお上手ですよね」

「料理って、凄《すご》く頭を使う作業なんです。あれこれ考えて、判断して、手先も器用じゃなきゃいけない。逆にいえば、料理ができる人はたいてい何をやらせても上手です」

里村はスタッフそれぞれの顔を思った。

厨房《ちゅうぼう》作業をする若者たちは、とくにそうだった。料理だけではなく、大工仕事もそつなくこなし、布団のたたみ方もきれいだった。そういえば篠田があんなに上手にギターを弾くなんて想像もしていなかった。

「里村さんはどうして外食産業にいらしたんですか？」

「もともと食べることが好きだったんだと思います」

「そういえばスタッフみんなとの賄いのとき、いつも最後までゆっくりと食べてらっしゃいますね。うちの男性スタッフはあらかた早食いですが、里村さんにかぎっては、真理ちゃんたち女性スタッフと同じタイミングで食べ終わってる」

そんなことまで和洋に観察されていたのかと、里村は驚いた。

「もっと早く食べたほうがいいでしょうか」

「そういうことじゃなくて、いつも美味《おい》しく味わってらっしゃるって感心してたんです」

里村は少し苦笑し、フロントガラス越しに前方に詰まった車列を見つめた。

「実は、以前の会社で癖になってたんです」

「ファミレスの経営ってそうなんですか。飲食を扱うお仕事だけに、社員のみなさんでゆっくり食べられていたとか？」

「私、最初の五年は営業畑で外回り専門でした。たとえば今回みたいに食材を扱う業者さんなどと面会するんですが、ときにはレストランや料亭などでの会食もありました。そのとき、先輩からよく叱られたんですよ。いくら美味しくてもガツガツと食べるな。相手の心証を良くするために、先方の食べる速度に合わせて食事をし、向こうが食べ終わるタイミングで自分も食事を終えるんだって。つまり早すぎても遅すぎてもダメなんですね」

今度は和洋が苦笑した。「なるほど、営業のための気配りというか忖度《そんたく》だったんですね。なかなか細がくて厳しいマナーです」

「そういわれる和洋さんはいつも、いちばんに食事を終えてらっしゃいますね」

「自衛隊時代からなんです」

ハンドルから手を離し、頭を掻《か》きながら彼はいった。「とりわけ最初の教育期間中は厳しくてね。食事は常に十分から十五分ぐらいで終えるように叩《たた》き込まれました。いただきますとみんなで手を合わせたら、速攻、白飯に急須《きゅうす》のお茶をぶっかけて一気に口にかき込むんですよ。おかずもご飯も味わうどころの話じゃなかったです。とにかく腹が膨れればいいっていう世界でした」

「そりゃ凄いですね」

「おかげで今でも身にしみてんですね。山小屋の生活は、とりわけ繁忙期は時間との勝負だから、それが役立ってるって感じたりもしますが」

「肩の小屋のご飯もおかずも、せっかく美味しいんだから、ちゃんとよく嚙《か》んで味わって食べたほうがいいですよ。そのほうが体にもいいし。老婆心って奴ですが」

和洋がまた笑った。「わかりました。そうするように努力してみます」

〈ハギワラ精肉〉はガレージ風の地味な建物だった。

シャッターが上がった出入口の上に小さな看板がかかっている。駐車場にランクルを停め、和洋といっしょに降りた。

あらかじめ電話を入れておいたおかげで、水上《みずかみ》という名の担当者と面会できた。里村は、山小屋に常備している和洋のパソコンで即席に肩の小屋スタッフの名刺を作ってもらっていたので、それを差し出して交換した。

「うちは長年ずっとお付き合いしている県内や長野のミートセンターから買わせていただいてます」

牛、豚、鶏、馬肉などがある。豚はもも肉やロース、バラ肉など。それぞれブロックや卸用スライスなどの見本棚の前に立って水上が説明する。

今回は豚の肩ロース肉に特化してソテーの食材を選ぶつもりだったが、昔の仕事の癖でいろいろな肉に目移りする。脂の乗り方や赤身肉の艶《つや》などに関して、里村は矢継ぎ早に質問を投げ、水上が逐一それに応《こた》える。

傍らでガラス越しにじっと見ていた和洋が、隣の牛肉コーナーを指してこういった。

「これって、少し色が暗いような気がしますが」

「それだけ新鮮ということです」

和洋が首をかしげた。「新鮮だときれいな赤色なんじゃないですか」

「塊から切ったばかりの肉は酸素に触れていないから地味な色合いなんです。一般のイメージとは逆なんですよ」

水上が笑いながら説明した。「お肉の色っていうのは筋肉の中にあるミオグロビンっていう色素タンパク質で決まるんですが、この色素が酸素欠乏の状態では地味というか、むしろ黒っぽく見えるんです。それが空気に触れると酸化して、だんだんときれいな赤みを帯びてくるんですね」

「存じませんでした」

「たまに焼き肉店とかのお客さんから、肉が変色してるってクレームが付いたりするんです。だからお店などではイメージをよくするため、切り分けたお肉を一枚一枚開きながら酸素に触れさせて赤くする手間が必要なんです。これを〝発色〟っていうんですが、よくいう〝着色〟と混同されて、生肉にも加工肉みたいな着色剤が使われてるって、ネットに悪い噂を流されたことがありました」

「豚肉は牛肉に比べるとミオグロビンの含有量がかなり少ないから、色の区別がしにくいんですよね。スーパーなどの精肉コーナーでは、ハロゲンライトを使って、きれいなピンク色に見せたりしてるそうですが」と、里村。

「よくご存じですね」

水上が感心した。

「私、前にレストラン関係の会社にいたものですから、都内あちこちの食材の卸業者さんを回った経験があります」

「どうりで先ほどから目利きが立ってらっしゃる」

水上はなおも説明した。「うちはスーパーや一般消費者相手の精肉店じゃなく、あくまでも卸用の食材を扱っているので、そういうふうに一般の消費者であるお客様に直に目で見てもらう必要はなく、逆に見てくれが少々悪くても、確実に鮮度のいい、安全で美味しい食材を提供してるんです」

肩ロースの棚を指差し、彼はいう。「こちらの肉はバークシャーの黒豚種です。もう二十年ばかりSPF（特定病原体不在）認定に合格している特上の品質ですから、悪玉菌の保有率もマグロの刺身なんかよりもずっと少ないです。山小屋ではソテーで出されるということですが、ご要望に合わせたカットスタイルでお届けができますよ。よろしければちょっと試食されますか？」

そのとたん、里村の腹がぐぅっと鳴った。

和洋が思わず笑い、水上が顔をほころばせた。

里村は顔を赤らめながら、思わず自分で噴き出してしまった。

＊

ふたりが肩の小屋に戻って三日間、ずっと雨が降った。

たまに止んだかと思うと、今度は濃密なガスが頂稜《ちょうりょう》を取り巻き、肩の小屋はすっかり濃霧に呑《の》み込まれてしまった。そんな天気のコンディションのときは、雷鳥が油断して稜線《りょうせん》のトレイルに姿を現すらしく、小屋を訪れる登山客たちが興奮して報告し合い、撮影したデジカメの液晶を見せ合っている。

　里村はここに来て、雷鳥の姿を見たことはなかった。

　肩の小屋は三千メートルの標高でほぼ南北に延びる尾根にあるため、夕方などに、ブロッケン現象が目撃されることが多いそうだ。西の空で山の端近くまで低くなった太陽が差すと前方のガスに人の姿が投影され、その周囲に円形の虹《にじ》が出現する現象だという。

　小屋の表で登山客たちがそれを目撃し、興奮して騒ぐ声を壁越しに聞くことがあったが、里村はやはり自分の目で見たことがなかった。決まってその時間は夕食の準備と配膳《はいぜん》作業に没頭し、とても小屋の外に出る余裕がなかった。

　雷鳥もブロッケン現象も、ここで働くかぎりは無縁かもしれないと彼は思った。

　さらにその翌日。

　和洋と大川がふたりで下山した。甲府のあの卸業者から仕入れた豚肉を冷凍パックで発泡スチロールに詰めて荷造りをし、歩荷《ぼっか》で麓《ふもと》から担ぎ上げてきた。

　厨房《ちゅうぼう》でさっそくポークソテーの試作品を作ってみんなで試食する。たしかに肉の品質が良く、柔らかい中にジューシーな旨みが凝縮されていたが、やはり決め手はソースだった。和風やガーリック味などをあれこれと試し、あるいは組み合わせたりする。スタッフもそれぞれ味の好みがあるため、意見の統一が難しいが、甘さと辛さを絶妙に調整しては試作をしてみた。

焼き加減の調整も重要だった。何しろ大勢の客の口に入るため、一度に何枚も焼かなければならない。そのため大きなレンジ台にフライパンを載せてじっくりと焼く。豚肉だから当然、火の通りに注意しなければならず、焼きすぎると肉が硬くなる。

味付けは濃いめにする。登山で疲れた客には甲州味噌《みそ》を使った味の濃い味噌汁が評判だったが、ソテーも塩味を少し濃くすることにした。そのぶんご飯も進むだろう。

そんな試みをあれこれと繰り返すが、なかなか和洋が味に納得しない。

焼いた豚肉はもちろん無駄にできないため、スタッフたちの賄いのおかずにするが、さすがに毎回ポークソテーばかりだと飽きる者が出てきて、いったん試作と試食は中断することになった。

＊

小屋の入口脇にある帳場の電話が鳴り始めた。

中に誰もいなかったため、厨房の出入口近くにいた里村が「私が出ます」といい、帳場に入って、壁の棚にある充電器に差し込まれた携帯電話を取った。

「はい。こちら北岳肩の小屋です」

――シャイニング企画の塩原《しおばら》といいます。

低く、野太い男の声だった。

「は。お世話になっております」

携帯を耳に当てながら、つい昔の癖で里村は四十五度の敬礼をしてしまい、外に立って窓越しに見ていた真理にクスッと笑われた。思わず頬を染めながら、里村は咳払《せきばら》いをした。

「どういったご用でしょう」

――実は近々、うちの冴島《さえじま》アキラがＭＶの撮影で北岳に行きます。そこで宿泊の予約をしたいのですが。

「どちらの冴島……さまでしょうか。え、えむ、ぶい？」

――あなた、ロック歌手の冴島アキラを知らんのですか。

「すみません。芸能関係に疎いもんですから」

――少々、疎くても名前ぐらいはご存じじゃないんですか？

「いや……そのぅ」

里村は冷や汗を掻《か》いて狼狽《うろた》えてしまう。

――だったら、ちゃんとわかる方に代わっていただけますか？

不機嫌な声でいわれて考えてしまった。たとえば管理人の小林和洋だが、そんなことに詳しいだろうか。あるいは若手のスタッフで誰かとか。

そのとき、外にいた真理が足早に窓口にやってきた。

「どうしたんですか」

携帯電話のマイクの部分を手で覆い、里村がいった。

「冴島アキラとかいう歌手の方が来られるので予約をされたいとか」

「え」

真理が棒立ちになり、少し頬を紅潮させた。「それって、本物ですか？」

「ご存じなんですね」

「だって冴島アキラって、〈ＳＡＹ　ＭＥ！〉で売り出してヒットチャート上昇中の人気歌手ですよ。去年、紅白に初出場してて、私、観ました」

「す、すみません。代わってもらって、いいですか？」

思わず携帯電話を差し出した。

真理は一瞬、途惑ってから、恐る恐る取って耳に当てた。咳払いをして、いった。

「お電話、代わりました。スタッフの大下と申します」

――シャイニング企画の塩原です。冴島アキラのＭＶの撮影で近く、北岳に行こうと思ってます。本人と撮影クルーの宿泊を予約したいんです。

真理が持つ携帯電話のスピーカーから、さっきの男のバリトンの声が洩《も》れてきた。

「それで、いつのご予定ですか？」

話しながら、真理が小屋の入口から帳場に入った。

里村はすかさずメモ用紙とボールペンを差し出す。受け取った真理が右肩を上げて携帯電話を横顔との間に挟み、ボールペンを走らせる。

「えっと……十月三日……」

真理は壁に貼られたカレンダーを見ている。

里村はスクラップ帳などが乱雑に突っ込んである棚からスケジュール表を引っ張り出し、真理に十月のページを広げて見せた。それを確認しながら彼女がいう。

「何名様でしょうか？」

――本人とマネージャーの私、それから撮影クルーが五人になるかな。

「七名様ですね」

――冴島アキラはとくに個室を予約したいんですが。

「それはお受けいたしかねます。うちは基本的に相部屋ですし、グループ様の個室はすでにふたつともご予約で埋まってます」

――何いってんだ。冴島アキラを一般人と相部屋で泊まらせるわけにはいかんでしょう。

「どなた様でも規則には従っていただきます」

きっぱりと真理がいったので、里村は驚く。

――ちゃらちゃらした女じゃ話にならん。責任者を出せ！

いきなり野太い怒鳴り声だった。

真理は思わず肩をすくめ、首を引っ込めた。それを見て里村がまた狼狽える。

そのとき、ちょうど小屋の奥から歩いてきた和洋が帳場に顔を出した。

「どうしました」

「予約で混み合ってる土曜日のご予定ということなんですが、こちらのお客様が強引に個室を希望されてるんです」

「代わります」

和洋が携帯電話を受け取り、耳に当てた。

「もしもし。肩の小屋管理人の小林と申します……」

真理はホッとした顔を里村に向け、ふいに不機嫌な形相になった。

「〝ちゃらちゃらした女〟って、とんだカスタマー・ハラスメントよね」

目が合ったが、里村は何もいえなかった。

「それって本当に冴島アキラのマネージャーだったんですかぁ？」

その晩、七時になってスタッフ同士がテーブルを囲んで食事をとっていた。素《す》っ頓《とん》狂《きょう》な声を放ったのが川島知佳だ。赤いバンダナを頭に巻いたまま、少し上気した顔である。

冴島アキラのファンだという。

和洋が笑って頷《うなず》いた。

「どうしても個室じゃなきゃダメだっていって聞かないんです。いくら有名人だからって、うちは特別扱いしませんって、はっきり断りましたよ。いきなりガチャンって電話を切られたけど」

「もったいないなあ。うちに泊まったら、サインとかもらえたかもしれないのに」

「上から目線だったし、いやな感じの人でした」

そういったのは真理だった。「マネージャーの塩原さんとかいってたけど」

「だいたい人気歌手が北岳にって、何をしに来るんでしょうか。たしかMVとかいってましたけど」

里村が疑問を投げてみた。

「MV……つまり、ミュージックビデオの撮影ですね」と、真理。

それで里村は納得した。テレビやネットで流れているのを見たことがある。音楽のイメージや世界観を表現した動画のことだ。

「真理さん、お詳しいんですね」

里村がいうと、彼女がかすかに眉《まゆ》をひそめた。「あー、ちょっとバンドやってた人が知り合いだったりするので……」

なぜか顔を赤くしているので、訊《き》いてはならぬことを口にしてしまったかと、里村は後悔した。

会話に割り込むように、三谷が突然いった。

「きっと景色のいい場所とかで、カラオケ流しながら恰好《かっこう》つけて歌うんすよ。こんな感じのド派手なダンスをしながら――」

本人の物真似をしてるらしく、マイクを握る手を口元に、肩をいからせ、体をくねるように動くと、真理と知佳、他のスタッフたちがいっせいに噴き出した。

里村だけはやっぱり話題についていけない。

「とにかく予約は断ったし、たとえ来ても他の山小屋に泊まるでしょう。うちはこぢんまりした山小屋だから、人気歌手だの芸能人だのにあまり派手に騒いでもらっても困ります。じゃ、また明日《あした》は早いから、みんなはそろそろ寝てください」

和洋がいい、夕食がお開きになった。

*

九月の終わり頃から始まった北岳の紅葉が、十月に入って最盛期になった。まさに錦繍《きんしゅう》。この季節の旅行雑誌の写真を彩るような、赤と黄色の絨毯《じゅうたん》が山肌一面に広がり、少し弱々しくなった日差しに照り映えている。ここらの紅葉はダケカンバの黄色とナナカマドの赤色が複雑な色模様を織りなす。もっともたいていは先にナナカマドが台風の風で散ってしまい、単調な黄葉ばかりが広がることが多いが、今年は台風が少なく、おかげで見事なまでの赤と黄色がちりばめられた大パノラマが北岳一帯に展開していた。

そのおかげで平日にもかかわらず登山客が多い。

今日も大勢の人々が肩の小屋のベンチで休憩をし、あるいはそのまま素通りして山頂に向かって列を作っている。

山小屋はこのときの多忙を乗り切れば、あとは十月下旬の小屋閉めまで、しばしの静かな日々を送れる。だからスタッフたちは張り切っていた。

肩ロースソテーのほうは遅々として進まなかった。ソースの味に和洋が納得しないためだった。里村はファミリーレストランの季節メニューの選定などに参加することがあり、何度も試食をしたものだが、ここまでのこだわりを口にする者はいなかった。外食産業とはいえ、それだけアバウトな仕事をしていたのかもしれないと反省する。

毎日、朝食後に宿泊客を送り出し、館内の掃除を終えると、少しの余暇を使って里村は小屋裏で篠田からギターのレッスンを受けるようになった。自分から習いたいと申し出たわけではないのだが、アコースティックギターをつま弾く彼とあれこれ話しているうち、自然と成り行きでそうなってしまった。

曲は昔、練習していた〈太陽を背にうけて〉。

篠田のギターを借りて丸椅子に座り、足の上に載せてつま弾いてみる。楽譜は新聞チラシの裏に彼が手書きで描き、英語の歌詞とギターのコードも書き加えてくれている。それをガムテープで小屋の壁に貼り付けてある。

「最初のところは、GとCの単調な繰り返しだから簡単ですよ。スリーフィンガーで弾いてみてください。コードを完璧《かんぺき》に覚えて曲に慣れたら、次は指五本でアルペジオをやってみればいいんです」

左手のコードの押さえ方と右手の指さばきを教えてもらったが、若い頃のように指先でネックを押さえきれず、どうしても隣の弦に触れて音が出なかったり、音がびびったりしてしまう。しかも繰り返しているうちに、左手の指先がだんだんと痛くなってきた。それぞれの爪の下に、弦の痕《あと》がえぐれたように残っている。

「大丈夫。繰り返すうちに指が勝手に覚えていきますから。コードを押さえる指先も、少しずつ皮が厚くなって痛くなくなりますよ」

それにしても何なのだろう。厨房《ちゅうぼう》で失態をやらかすたびに叱ってくる篠田とはまるで別人のように優しく指導をしてくれるものだから、いったいどちらが彼の本当の姿なのかわからない。

そうして何度か、夢中でレッスンを受けた。里村は楽しくてすっかり時間が経つのを忘れ、真理や大川らが昼食の準備に呼びに来ることがしばしばだった。


午後四時をまわり、夕食の準備で厨房が戦場のようになる時間だった。

そんなとき、ふいに無線が飛び込んできた。

「和洋さん。謙一《けんいち》さんからです」

ひとり帳場にいた大川が厨房に大きく声をかけてきた。麓《ふもと》の広河原山荘の管理人、滝《たき》沢《ざわ》謙一から無線交信のようだ。

里村たちといっしょにテーブルに並べた紙皿におかずの盛り付けをしていた和洋が、ポリ手袋を脱ぎ、帳場に飛び込む。

「こんな時間にナンすかね。事故とかじゃなきゃいいっすけど」

青いバンダナを頭に巻いた三谷が、味噌汁《みそしる》の寸胴鍋《ずんどうなべ》をコンロにかけながらいった。

スタッフたちはさすがに気になって、ちょくちょく厨房の出入口から帳場を覗《のぞ》く。和洋はなぜだか険しい顔で交信を続けているが、あいにくと会話は聞こえてこない。

やがて交信を終えた和洋が厨房に戻ってきた。明らかに不機嫌な顔だった。

「どうしたんすか」と、三谷が訊いた。

和洋は蛇口で手を洗い、またポリ手袋をはめた。

「例の冴島アキラだよ」

険しい顔でいった。「予約もなしに、広河原山荘に大人数で押しかけてきて宿泊中だそうだ。で、明日、ここに登ってくる」

「うちにも宿泊するつもりですか?」と、真理。

「うちか……あるいは北岳山荘のいずれかに泊まることになるだろうな」

「いや。だって今夜と明日はもうお客さんで満杯ですよ。大人数って何人で来るんです」

不機嫌な顔の篠田を見て、和洋が肩を持ち上げていった。

「総勢で十人だそうです。あのときの電話じゃ、七人だっていってたのに」

厨房にいる全員が声を失った。

「あの……」

里村が遠慮がちに小さく手を挙げる。「そういう場合って、アポなしのお客さんを追い返すんですか？」

「下界のホテルと違ってそれはできません。ここは三千メートルの山小屋ですから」

和洋の言葉に、里村はよけいな途惑いを覚えた。「でも、どうやって？」

彼は腕組みをし、眉根《まゆね》を寄せて考え込んだ。

＊

冴島アキラのパーティは、午後一時過ぎに肩の小屋にやってきた。

最初に気づいたのは外で資材整理をしていた三谷だった。慌てふためいたように小屋に走ってくると、厨房にいたスタッフたちに報告した。

「鳴り物入りでご登場っすよ」

和洋が黙って外に駆け出し、里村ら他のスタッフたちも追いかけた。

虫の羽音のような、けたたましい不快な騒音がした。全員が見上げると、高い空に小さくドローンの機影が浮かんでいる。三谷が鳴り物と揶揄《やゆ》したのはその音のことだと、里村は気づいた。

スタッフ全員でヘリポート広場を抜け、敷地のいちばん端まで行くと、登山道がそこから見下ろせる。ちょうど小太郎尾根の坂を登って一行がやってくるところだった。土曜日ゆえに、他の登山者もいるが、人気スターが撮影しているせいか、ずいぶんと距離を空けて後ろをついてきている。

文字通り我が物顔という感じだった。撮影クルーやスタッフ、歌手本人の関係者らしき大勢の男女が広く散開しながら歩いている。

その中心にいるのが冴島アキラだった。まるで舞台衣装のような、およそ登山にふさわしくないファッション。というか、あれはライヴで着ている服そのままではなかろうか。黒のスキニーデニムに、ゆったりした焦げ茶のジャケット。頭髪は長めのソバージュヘア。足下は黒い革靴である。しかも、ストラップで肩掛けしたエレキギターをかまえながら坂道をたどっている。

少し離れた場所からムービーカメラを機材で腰に固定した男が本人を狙いながらついてくる。上空のドローンも相変わらずかまびすしい音を立てて飛行している。

歌っているところを空と地上の双方から撮影しているようだ。

「なんて奴らだ」

和洋が低い声を洩《も》らした。「登山道からあんなにはみ出して、高山植物が生えてる場所を踏み荒らしてる」

里村は気づいた。

撮影クルーの男女が、ステージ衣装の冴島アキラを取り巻くようにして、歩調を合わせながら歩いてきていた。尾根に続く登山道は、すれ違うのがやっとというほどに狭いが、そんなことをおかまいなしに、複数の男女が数メートル以上もはみ出して岩場や砂地を踏み歩いている。里村は理解した。上空からのドローン撮影に映り込まないようにわざわざ空間を空けているのだろう。

和洋が足早に彼らに向かって歩き出した。里村たちはその後ろ姿を追いかけた。

「何やってんですか、あなたたちは！」

ドローンのかまびすしい音の中、和洋の怒鳴る声が聞こえた。

ギターを抱えた冴島アキラが足を止め、驚いて彼を見た。額から垂れたソバージュの前髪の間から、大きな目が覗いている。

周囲の人々も同時にその場に立ち止まった。ディレクターらしい眼鏡の痩《や》せた男性が、頭上で両手を交差させてバツ印を作り、「カットだ！　撮影中止！」と叫んだ。

彼の背後から灰色のジャンパー姿の中年男性が前に出てきた。大柄で、胸が厚く、プロレスラーのような体格だった。

「困るねぇ。本番の撮影中なんです。邪魔をしないでくださいよ」

あからさまに迷惑そうな顔をしている。

ディレクターが後ろに立っている小柄な男性に手を挙げ、いらだたしげにいった。

「清水《しみず》くん、悪いけどドローンをいったん下ろして！」

ドローンのオペレーターらしい男が両手でプロポを操作すると、上空のドローンがゆっくりと下りてきた。虫の羽音に似た不快なモーター音が大きくなり、少し離れた斜面に着地した。オペレーターがすかさず斜面に足を踏み入れ、ドローンを拾った。

「そこはハクサンイチゲなどの高山植物が群生している場所です。今は花の時期じゃないのでわからないかもしれませんが、踏み荒らせば根が枯れてしまいます。不用意に入らないよう、道の傍にロープを渡しているのがわかりますか？」

和洋の声に、男が気まずい顔で向き直った。ドローンを抱えたまま、意味もなくつま先立ちになりながら登山道に戻ってくる。コメディ映画の一場面のようだが誰ひとりとして笑わない。

「誰だよ、あんた」

冴島アキラがぶっきらぼうにいった。派手な模様がデザインされた太いストラップで肩掛けしていたギターを背中に回し、不機嫌な表情を見せている。

「肩の小屋の管理人、小林和洋といいます」

「山小屋の管理人って、そんなに偉いのかよ」

毒づく冴島アキラの横に、さっきの大柄な男が立った。

「あなたでしたか」

口元にかすかに笑みを浮かべ、大男がいった。「私、冴島アキラのマネージャーで塩原といいます。ちょうど良かった。今夜の宿泊をお願いしたいのですが」

「予約はお断りしたはずです」

「ゆうべは広河原山荘で泊めていただけましたが？」

「うちは小さな小屋です。予約もなしで来られると迷惑です」

「困りましたな。わざわざここまで来たのに追い返すつもりですか」

「勝手に来られてそんなことをいわれて、こっちこそ困りますね。いいですか。ここは国立公園の自然保護区です。撮影許可は取られましたか？　ドローンだって勝手に飛ばすことはできません」

「許可はちゃんと取ってありますよ」

塩原と名乗った大男は中型のディパックを足下に下ろすと、中から四つ折りにした紙片を何枚か取り出し、広げて見せた。

「これは南アルプス市の自然公園担当からの撮影許可。こっちはドローンのほうで、環境省の南アルプス自然保護官事務所に申し込んで許可を取っているんです。どちらも申請してから何カ月も待たされたんだ」

「わかりました。ただし、双方の許可条件をよくお読みになるべきだと思います。現地の植生の破壊、騒音などは固く禁じられているはずです」

塩原は和洋をにらみつけていたが、ふいにいった。

「とにかく小屋はすぐそこなんですね？　みんな早朝からの撮影と登山でバテてるんです。まずは休ませてくれますか」

仕方なかったのだろう。和洋は黙って道を空けた。

「撮影はあとで再開する。ひとまず休憩だ」

眼鏡のディレクターが不機嫌にいい、他の男女が固定機材からムービーカメラを取り外すなどして片付け始めた。アシスタントらしい若い女性が、冴島アキラが抱えていたギターを受け取った。

マネージャーの塩原は仏頂面《ぶっちょうづら》で立つ冴島アキラをうながし、大きな体を揺するように小屋に向かって歩き出した。他の撮影クルーたちもぞろぞろとついてくる。遠慮して遠巻きにしていた一般の登山者たちも、ホッとした顔をそろえて歩き出した。

＊

紅葉シーズンの週末、しかも絶好の好天に恵まれたとあって、肩の小屋は盛夏並みに混雑していた。夕食は〝四回戦〟の入れ替えとなり、里村たちスタッフは狭い厨房《ちゅうぼう》を右へ左への大忙しである。

作業台となったテーブル狭しと敷き詰めた紙皿に、それぞれおかずが盛り付けられ、できた端から食堂へと運び出される。大きな圧力釜《あつりょくがま》で炊かれたご飯と寸胴鍋《ずんどうなべ》の味噌汁《みそしる》がよそわれるたび、トレイいっぱいに載せられて素早く持ち去られる。

里村は和洋と並んで大量の洗い物と格闘している。ポリ手袋をはめているので、ときおり手を滑らせ、茶碗《ちゃわん》を流し場に落としてしまう。少々騒々しい音を立てても周囲のスタッフたちはおかまいなしに自分たちの持ち場で仕事を続けている。

ひと山片付くと、さっそく次の食べ終えた空き食器が山積みされて運ばれてくる。その合間に生ビールの注文が入り、ご飯と味噌汁のお代わりがひっきりなしにリクエストされる。人手が足りないと思ったら、里村はすぐに手袋を脱いで生ビールをプラコップに注ぎ、ご飯をよそい、味噌汁で椀《わん》を満たしてトレイに載せる。それを窓越しに別のスタッフが運んでゆく。

「和洋さん。別棟のお客さんが夕食はまだかって騒いでます」

手ぬぐいをねじり鉢巻きにした大川が厨房に入って報告した。

別棟にいるのは例の冴島アキラとマネージャーの塩原ほか、撮影クルーたちだ。けっきょく彼らを追い返すわけにはいかなかったため、本来は使っていない別棟に泊めることになった。寝具を十人分ほど運び込み、食事も一般客とは別にそちらで取ってもらうことになった。

もともと彼らも、他の登山客たちと交じって夕食を取らないことを望んでいたため、それはいいとして、夕方五時の食事スタートから、もう二時間以上も待たせている。生ビールの注文だけは受け、簡単な小鉢の突き出しとともに運んでいたが、当然、それでは空腹を満たせせない。

のみならず、ウイスキーなどを持参していたらしく、かなり酔って騒いでいるのだという。他の客たちの迷惑にならないよう、別棟に押し込んでおいて正解だったと和洋は苦笑いを浮かべていた。

ようやく別棟に食事が運ばれたが、トレイを持ち帰った真理たちは不機嫌だった。冴島アキラや撮影クルーたちが酔っ払って品のない騒ぎ方をしているという。山に慣れていないだけでなく、そもそも常識外れなのだろう。有名人だと高をくくり、どこでも自分たち中心のやり方を通してきたのかもしれない。

一方、歌手の冴島アキラが肩の小屋に来ているらしいという噂は客たちの間に広まり、食堂の会話から洩れ聞こえてきた。下手に騒ぎ立てをする客はいないとは思うが、やはりこの場に彼らがいなくて良かったと里村は思う。

「芸能関係の人って、けっこう来られるんですか」

多忙のピークが過ぎる頃、里村は傍で洗い物をする和洋に訊《き》いた。

「俳優や歌手とか、山が好きな人は意外におられます。でも、たいていはお忍びだし、もっぱら地味な姿でいらしてますね。あんなに自分をアピールする人はまずいなかった。ましてやMVの撮影をこの山でするなんて初めてのことですよ」

和洋は笑いながらいい、最後の湯飲みを洗い終えてポリ手袋を脱いだ。里村も素手をタオルで拭《ふ》きながら何気なく振り返った。狭い厨房のあちこちに、ヘトヘトに疲れ切ったスタッフたちが座り込んでいた。

「お疲れ様でした」

和洋がみんなに声をかけ、こういった。「消灯時間まであと三十分ぐらいあるから、ちょっとみんなでビールでも飲みますか」

丸椅子に座り込んでいた三谷が明るい顔になり、指を鳴らした。「いいっすねえ」

「米田さん、飯窪さん。悪いけど人数分の缶ビールを持ってきてくれますか？」

ふたりが立ち上がり、厨房を出て行ったあとで、ふと気づいたらしく、和洋が里村を見つめ、その笑顔が神妙な表情に塗り替えられた。

「すみません……つい」

里村は顔を上げ、フッと寂しげに笑う。

「私のことならおかまいなく。お茶で大丈夫ですから」

そういって右手を見つめた。

指先がまったく震えていないのに気づいた。


翌朝、またひと騒動が持ち上がった。

冴島アキラたちは朝食後、午前七時過ぎに小屋を発《た》った。ザックなどの荷物を宿泊の部屋にデポ（残置）し、撮影機材などを持って頂上を目指し、ぞろぞろと登っていった。

ところが今度は北岳のてっぺんでソロで歌うシーンを撮るからと、強引に人払いをしたというのである。せっかくここまで来たのに頂上に立てず、泣く泣く折り返し、小屋に下りてきた登山者の証言で、和洋たちはそのことを知った。

ちょうど里村は小屋裏で篠田からギターのレッスンを受けていた。表のほうが何やら騒がしいため、その場にギターを置いてふたりで走った。和洋は大川といっしょにベンチの修理をしていたようだ。

頂上方面から下りて来たという若い男女の登山者が、大声でまくしたてている。里村はふたりに覚えがあった。肩の小屋に泊まったカップルだった。話を聞けば、頂上の手前で撮影クルーに道を塞《ふさ》がれ、「一時間ほど撮影をするから、頂上一帯に立ち入らないように」と、通せんぼをされてしまったという。

のみならず、その場所にはすでに十名以上の登山者がいて、全員がトレイルの途中で足止めを食わされているらしい。おそらく反対側――北岳山荘方面からのルートも同様に封鎖されているに違いない。

さすがに和洋の顔色が変わった。

「ちょっと作業を中断します」

彼らしくあくまでも穏やかな口調だったが、目には明らかに怒りの光があった。

「俺も行きましょうか」

加勢を申し出た篠田を制して、和洋が静かにいった。「ひとりで大丈夫です」

着ていたスウェットを頭からすっぽり脱いで知佳に渡すと、白のTシャツになった。ひょろっと痩《や》せた体型に見えるが、意外に胸が厚い。少しだけ足の屈伸運動をし、いきなり和洋は駆け出した。あっけにとられて里村たちが見送る先、山小屋の脇を通り抜け、やがて頂稜《ちょうりょう》への登山道を駆け上がる姿が小さく見えた。

「和洋さん、本当に大丈夫でしょうか」

心配になって里村がいうと、篠田が小さく肩を揺すって笑った。

「ああ見えても、陸上自衛隊の即応予備自衛官ですから」

目を細めて頂稜を見上げながらつぶやく。「それにしても凄《すご》い勢いだな。冗談抜きで山頂ダッシュの新記録を出せそうですよ」

里村もそれを見ながら、口元に笑みを浮かべた。

「タイム、計っておけば良かったですね」


それから一時間と少し。

一行が山頂からぞろぞろと下りてきた。

撮影クルーたちは重たげな三脚やそのほかの機材を担ぎ、明らかに不機嫌な顔をそろえて山小屋の前までやってきた。エレキギターを大事そうに抱えたアシスタントの女性もいる。仕事とはいえ、あんな楽器をよくもこんな高い山のてっぺんまで持ってきたものだと里村は呆《あき》れた。

冴島アキラは昨日の服とは違うが、やはりステージ衣装だった。スパンコールをちりばめたタンクトップに黒の革パンツといった恰好《かっこう》で、少し離れたベンチにひとり座り、むっつりとした様子で煙草を吸っている。足下は焦げ茶の硬そうなブーツで、岩場から滑り落ちなかったのは奇跡かもしれないと里村は思う。

最後に和洋が下りてきて、小屋の外でずっと待っていたスタッフたちの前に立った。

「トラブルはなかったんですか」

和洋にスウェットを返しながら、知佳が心配げに訊《たず》ねた。

「すったもんだあったけど、何とかなりました」

報告を聞いて里村はホッとした。小屋のスタッフらも笑顔になった。

「頂上で人払いをして撮影なんてもっての外《ほか》です」

離れたところでベンチに座るロック歌手をにらみながら、真理が憤然という。

「許可を取ってドローンを飛ばすのは仕方ないとして、スモークまで盛大に焚《た》いていたもんだから、さすがに怒鳴りつけました」

和洋の報告に、大川があっけにとられた顔になる。

「まさか、撮影用のスモークマシーンを持ち込んでいたんですか？」

「いや」

ズボンのポケットからクシャクシャのレジ袋を引っ張り出し、和洋はそれを広げてみんなに見せる。中に焦げた筒状の残骸《ざんがい》がいくつか入っていた。

「車の発煙筒？」と、知佳が驚く。

「スモークマシーンはバッテリーとか込みでどうしても重くなるけど、これなら軽量だからって持ってきたんでしょう。煙に色を付けたかったようですね」

「しかも燃えかすまで捨ててたっすか」と、三谷が呆れてつぶやく。

撮影クルーの男女は疲れ切った顔で小屋の前に機材を下ろし、ちらちらと里村たちのほうを見ている。どの顔も不満そうな表情だ。マネージャーの塩原がベンチの冴島アキラのところに行って、彼にダウンジャケットを羽織らせた。しばらくふたりで会話を交わしていたが、やがてまた引き返してきた。

眼鏡を掛けたディレクターの男性と小声で話し合ってから、おもむろに里村たちの前にやってくると、和洋に向かって不機嫌な顔でいった。

「いいですか。何度でもいいますが、我々はあくまでも正式に許可を取って撮影していたんです。あなたのやったことは明らかな業務妨害ですよ。後日、事務所から南アルプス市のほうに抗議を出すつもりです」

「どうぞ、ご自由に」

和洋が涼しげな顔でいったため、塩原の顔が熟れたトマトのように紅潮した。

「や、山小屋の管理人風情がたいした度胸じゃないか。こちとらトップ・ミュージシャンの冴島アキラのだな――」

「お言葉ですが」

塩原がいいかけたところで和洋が口を挟んだ。「人気歌手だろうが一般の登山者であろうが、山ではみんな平等なんです。あなた方がふるっていい特権はここにはありません」

「何いってんだ。そうやって勝手に決めたルールを人に押しつけて、いったいあんたは何様のつもりだい！　ええ？」

　ヒートアップし、今にも和洋の胸ぐらをつかみそうな塩原の様了に、里村は怖くなった。他のスタッフたちも緊張しているようだ。周囲にいる他の登山者たちも驚いた顔で彼らのほうを凝視している。

　塩原は大柄なうえ、ドスの利いた野太い声を発する。喧嘩《けんか》慣れしているような印象だった。マネージャーというよりも、用心棒という呼び方がピッタリだと思った。

　そんな状況を前に里村自身、何ができるわけでもない。ここは和洋に任せるしかないだろう。伊達《だて》に自衛隊にいたわけではないはずだ。

　そのとき、後ろで砂利を踏む靴音が聞こえ、里村が振り向いた。

　今までどこにいたのか。いつもの青いジャンパーを着た小林雅之がのっそりと彼らの前に歩いてきて、塩原の目の前に立ち止まった。身長差のため、雅之の頭は塩原の胸の辺りにあったが、品定めするような目付きで相手の顔を見上げた。

「な、何だ……お前は」

　塩原は、自分よりも小さな体軀《たいく》の雅之に明らかに気圧《けお》されていた。

　雅之はしばし無言で相手を睨《にら》んでいたが、ふいに口を開いた。

「おまえら山を舐《な》めてんのか？」

　静かな声。ただ、それだけだった。

　塩原はあっけにとられた顔を凍り付かせたように雅之を見ていた。

我に返って目をしばたたき、何かいいたそうに口を動かした。が、片眉《かたまゆ》をひくつかせ、黙って雅之に背を向けた。ふたたびベンチで煙草を吸っている冴島アキラのところに行き、ふたりで何かを話し合ってから、小屋の近くで機材を片付けているクルーたちを促し、山小屋にぞろぞろと入っていった。

冴島アキラとMVの撮影クルーたちは、その日のうちに下山していった。

のちに白根御池小屋から無線で報せがあったが、草すべりの急斜面を下っている途中、彼らは事故を起こしたらしい。最後尾のひとりが足を滑らせ、前の数人を巻き込んだ。冴島アキラはたまたま無傷だったが、マネージャーの塩原が登山道から数メートル滑落して腰の打撲および顔や全身に擦過傷を負い、MVのディレクターも足首を骨折した。他、数名のクルーが怪我をした。

携帯の通報で白根御池の警備派出所から救助隊が駆けつけ、すぐさま応急処置に当たった。負傷者がいずれも自力歩行ができないと判断され、塩原を含めた四人のヘリ搬送が決まったようだ。

ほどなく消防防災ヘリ〈あかふじ〉が飛来した。彼らをピックアップしたヘリが甲府の病院へと運び去っていったあと、人気ロックスターの冴島アキラと残りの撮影クルーたちは、トボトボといった様子で広河原に向けて下りていったという。

＊

——こちら肩の小屋、朝の定時交信を始めます。

午前七時、帳場の棚にセッティングしている無線のマイクを取った和洋の声が明瞭《めいりょう》に厨房《ちゅうぼう》まで聞こえてくる。

——十月の紅葉シーズンもそろそろ終わりになって、山がだいぶ静かになってきました。小屋閉めまであと少し。各小屋におかれましては、登山者のみなさんの安全のためにも変わらぬご協力をよろしくお願いします。では、移動状況からお伝えします。

登山者の移動に関する情報共有は、それぞれの山小屋がその日の混み具合を予測するために役に立っている。たとえば食事をどれぐらい用意すればいいか。多すぎても少なすぎてもいけないから、これはかなり重要なことなのだ。

朝の定時交信を聞くたび、里村はかつて自分がいた会社の、毎朝の社長訓示を思い出す。もちろん社員一同を引き締め、やる気を出すためのスピーチだったわけだが、それにつけても、和洋が他の山小屋に呼びかける言葉の何と優しいことか。

下界から孤絶した場所にある山小屋は、それぞれがだだっ広い大海原に浮かぶ孤島に喩《たと》えることができると思う。ふだんはお互いに目で見えないほど離れている島同士が、ゆいいつの通信手段である無線でそれぞれの情報を交換し、共有するべく交信している。

ともに頑張ろうと声を掛け合っている。里村はそんな想像をする。

やがて無線交信が終了し、スタッフ一同との朝食となった。

賄いの間の話題は、自然とあの冴島アキラのことになる。知佳が持っていたスマホをみんなに見せて、笑いながらいった。

「あの人、頂上で歌ったときの写真をInstagramに載せてるのよ」

スマホの液晶には、北岳の頂上とわかる場所でポーズを取り、マイクを握る冴島アキラの姿が映っていた。前に小屋で見た、スパンコール満載のタンクトップに黒のレザーパンツというスタイルで、片手を大きく伸ばしながら歌っている。

「いくら歌手のMVったって、こんな前例作られちゃ、あとが大変っすよ」

三谷がいうと、知佳が首を横に振った。

「それがねえ。SNSでさっそく炎上してるの。国立公園の、それも特別保護地区の中でこんなことしてもいいのかって、めっちゃ叩《たた》かれてるよ。他の登山者を足止めして、頂上から人払いした一件も凄《すご》い批判を浴びてるし」

「となると、今回の動画はさすがにお蔵入りっすね。イメージダウンもいいとこだ」

「だったらいいけどね」

「知佳は彼のファンだったんじゃない？」

真理に突っ込まれ、とたんに口を尖《とが》らせた。

「あんなの見ちゃったら興醒《きょうざ》めもいいとこだよ」

テーブルを囲んだスタッフたちがドッと笑う。里村もつられて笑った。

「ところで和洋さん、どうやって山頂であの人たちを説得したんですか？　まさか、殴り合いとか、大立ち回りを演じたとか……」

真理が訊《たず》ねると、彼は味噌汁《みそしる》の椀《わん》を持ったまま、止めた。

「そんなこと、しませんよ」

苦笑いしながら和洋が恥ずかしげにいった。「ちゃんとていねいに口で説明してやめてもらっただけです」

「それにしても、おやっさんはさすがだったな。たったのひと言だよ」

大川がいい、わざとしかめっ面をこしらえて雅之の物真似をした。

「――おまえら山を舐めてんのか？」

知佳が噴き出し、真理が掌《てのひら》で口を覆った。

里村もつられて笑いそうになり、思わず和洋の顔を見た。彼も愉快そうに目を細めていたが、真顔に戻ってこういった。

「正直いって、まだまだ親父にはかなわないって思いました」

里村はそんな彼を見ながらいった。

「でも、和洋さんはそんなお父さんの背中を見ながら成長されて、今はこの山小屋を仕切ってらっしゃるんですよ。もう立派な三代目の小屋番さんだと思います。雅之さんもきっと凄く嬉《うれ》しいんじゃないでしょうか」

和洋はポカンとした顔で里村を見ていたが、ふいに照れたように肩を持ち上げ、苦笑した。「いや、お恥ずかしいかぎりです」

ドアが開き、聞き慣れた長靴の足音がした。

全員が振り向くと、ちょうど入口から青いジャンパーの雅之がのっそりと入ってきたところだった。

「おぅい、みんな。外に白虹《はっこう》が出てるぞ」

真理が椅子から立ち上がった。「カメラ、取ってきます」

知佳もテーブルに置いていたスマホをつかんで立った。篠田や大川や三谷、米田と飯窪まで食事の途中なのに勢いよく立って、下駄箱から引っ張り出したサンダルを履いて外に飛び出していく。

「〝はっこう〟って何ですか」

残っている和洋に里村が訊ねる。

「文字通り、白い虹のことですよ」

「白い……虹?」

「とにかく百聞は一見にしかず、です。いっしょに外で見てみませんか?」

促されて里村も椅子を引いて立った。

里村が山小屋から外に出たとたん、西の空に信じられないものがあった。

まさに〝白い虹〟としかいいようがなかった。

小屋から少し離れた広場に立つと、稜線《りょうせん》の西側に濃いガスがかかっている。本来ならば中央アルプスが突兀《とっこつ》と稜線を連ね、その手前に伊那《いな》の市街地が見下ろせる。しかしそれらが濃密なガスの紗幕《しゃまく》に覆われていた。

そこにくっきりと大きな虹がアーチを架けている。

それも七色ではなく真っ白なのである。

「あれが……白虹」

思わず里村がつぶやいた。魂を抜かれたような表情だった。

「霧虹《きりにじ》ともいいます。ふつうの虹と原理は同じなんですが、ガスや霧は雨よりも粒が小さいからプリズムで七色にならず、すべての波長の光が分散して白く見えるんです」

隣に立った和洋が説明をしてくれた。「本当は夜明け直後とか、もう少し早い時間じゃないと出現しないはずなんだけど、うまく条件が重なったんでしょうね」

「あ！　見て」

少し離れた場所に立っている真理が声を出し、指差した。

里村たちも気づいた。

眼前、白虹の大きなアーチの下に、人の影らしきものがくっきりとガスに映っていた。

よく見れば、白虹の頭部付近を囲むように、もうひとつの小さな虹がかかり、それはまさに仏様の後光のようだ。

「ブロッケン現象ですね」

里村がいった。興奮に声が少しうわずっていた。

太陽が空の低い位置にあり、さらに前方にガスがかかっているという条件で出現する珍しい現象である。もちろん里村が目撃したのは初めてだった。

「良かった」

和洋が嬉しそうにいった。「白虹とブロッケンが同時に見られるなんて、めったにないことですよ」

真理と知佳がしきりに前方に向かって手を振っている。

里村も真似をした。右手を振れば、ガスに映る影も右手を振る。左手を挙げれば、影もまた真似をする。そうしているうちに不思議なことに気づいた。この稜線上に山小屋のスタッフ全員が横並びに立っているというのに、目の前の白虹の下に映し出されるブロッケン現象は、自分の影ひとつしかないのだ。

「あれって、ひとりの姿しか投影されないんですね」

里村が疑問を口にすると和洋が頷《うなず》いた。

「真後ろに太陽があって、そこからの光が自分に当たって前方に影ができる。背後の光と前方のガスを結ぶ直線上の視覚でしか起こらない不思議な現象です。だから、昔は〝ブロッケンの妖怪《ようかい》〟なんていわれてました」

「太陽を後ろに……」

つぶやきながら、里村は肩越しに背後を見た。

東の山脈の上にかかった太陽がまばゆく、一瞬、網膜を焼きそうになった。

あわてて前方に向き直ったが、音もなくガスが流れていき、不思議なブロッケン現象も、その上を取り巻く白虹も、しだいにかすれるように消えてゆくのだった。

「さ。ショーは終わりだ。みんな小屋に戻ろう」

雅之のひと声で全員が歩き出した。

みんなの顔がそれぞれ微笑んでいた。

「例の肩ロースソテーなんですが、ゆうべ遅くまで篠田さんとあれこれ試してみて、やっとソースができたんです。ぜひみんなに、あとで試食をしてもらいたいんですけど」

歩きながら和洋がそういった。

「どんなソースなんですか」と、真理が訊《き》く。

「塩ネギザーサイ、トマトビーンズ、それと、タマネギソースの三種類。できれば日替わりで出そうと思ってます」

「美味《おい》しそう。早く食べたい！」

知佳が黄色い声を上げた。

「だって、まだ朝ご飯の途中じゃないですか。お昼過ぎまで待ってください」

「えーっ、食べたーい！」

真理と知佳が声を合わせ、全員で爆笑となった。

山小屋の出入口、和洋を先頭に、雅之、篠田と、ひとりずつ狭い戸口を抜けて中に入ってゆく。たまさかしんがりとなった里村はふと、ドアの前で足を止めた。肩と背中にほんのりと温かさを感じたのだ。ゆっくりと肩越しに振り向く。

東の空にかかった太陽。その柔らかな日差しが、自分の後ろから優しく当たっているのに気づいて、里村乙彦は口元に小さな笑みを浮かべた。

第六話　太陽を背にうけて

男の濁声《だみごえ》が遠慮も仮借《かしゃく》もない罵詈《ばり》雑言《ぞうごん》をまくしたてていた。

それをヘッドセットで聞きながら、あくまでも穏やかな口調を心がけ、ていねいな言葉を選びながら受け答えをしていくうち、西川《にしかわ》美紀の心の中にいつもの黒い痼《しこ》りが現れ、それが次第に大きく膨らみ始めていた。

相手はほとんど一方的に三十分も怒鳴り散らしていた。商品に関する相談の電話だったが、クレームというよりも罵倒《ばとう》だった。聞くに堪えない汚言まで浴びせられ、思わず肩をすくめて目を閉じたくなることもしばしば。そんなプレッシャーに耐えながらの応対を続け、ようやく通話が終わった。

美紀はヘッドセットを頭から外し、両手で顔を覆って、しばしそのままでいた。

携帯電話会社のコールセンターのオペレーター。顧客からの電話を受けて応対する、インバウンドと呼ばれる業務である。この職に就《つ》いて二年目になる。たしかに給料は良かったが、おかげでストレスの坩堝《るつぼ》のような日々だった。

大学を卒業し、しばらく都内の大手商社に勤めていた。

入社後に配属された営業部の仕事は外回りが多く、かなりハードで疲弊する毎日だった。のみならず部内ではハラスメントが横行し、上司は複数の部下に対してあからさまな嫌がらせをしていたし、同僚同士も互いに蹴落《けお》とし合うような陰湿な空気があった。けっきょくそれに耐えられず、三年と経たずに美紀は辞職した。

とはいえ、いつまでも無職でいるわけもいかず、求人広告でこのコールセンターのスタッフ募集を見つけたのだった。

もっとも基本、非正規雇用であり、離職率は七割以上といわれていた。もちろん楽な仕事ではない。二カ月もの研修期間があったし、それを経ても、定型の挨拶《あいさつ》から商品知識、エスカレーションの手段など、覚えるべきことが多すぎる。そうして不特定多数の客を相手にし、頻繁に来るクレーム対応も精神的プレッシャーとなる。

こんなはずじゃなかったのにとはよくいう台詞《せりふ》だが、ここのところ毎回のように頭の中をこの言葉がめぐる。仕事から逃げ出したい気持ちはあるが、前の会社のこともあったし、再就職という労力を考えるとたちまち心が萎《な》えてしまう。

隣を見れば、長いデスクに同僚の男女が一列に並び、それぞれがヘッドセットに向かって喋《しゃべ》っていて、その声が重なり合って聞こえてくる。みんな朝からこうして顧客対応を続け、きっと疲れ切っているだろうし、ストレスもたまっているだろうが、精いっぱいの明るいキャラクターを演じ、模範的な応対をしている。

こんな仕事と日常をいつまで続けられるだろう？　ふと、そんなことを思った。

無機質な呼び出し音がしてパイロットランプが光る。

美紀は溜息《ためいき》を洩《も》らし、軽く咳払《せきばら》いをする。

ヘッドセットの会話ボタンをオンにし、笑顔を作り出していった。

「ありがとうございます。〈MTモバイル〉サポート担当、西川でございます。お客様、いかがなさいましたか？」


午後五時過ぎに退社した。

新宿通りの歩道、人混みをかわしながら新宿駅方面に向かって歩く。ちょうど紀伊國《きのくに》屋《や》書店の前を通りかかったとき、スマートフォンの呼び出し音が聞こえた。自分のものだと気づいて肩掛けしていたトートバッグを開き、引っ張り出す。

液晶画面には〝西川紀代実〟と表示されている。

指先でタップして耳に当てた。

「もしもし、お母さん。何か用？」

——とくに用ってわけじゃないんだけど、あなたのお父さんのことで。

美紀はクスッと笑った。

「どうしたの。今さら未練があるわけじゃないでしょう」

——もちろんそうなんだけど、今朝たまたまテレビを観てたら、あの人が映ってたの。

ちょっとびっくりしちゃって。

驚いた。父がテレビに？

歩道の真ん中に立ってポカンとしていたものだから、大勢の通行人が美紀にぶつかりそうになる。急ぎ足に歩道から外れると、書店前の小さなタイル張りの広場に行き、エスカレーター下のレンガ壁に寄りかかった。

「それでお父さん、いったい何をしたの？」

とたんに電話の向こうで母が噴き出したようだ。

――そうじゃないの。山の特集番組だったんだけど、あの人、どうも山小屋で働いてるみたいなのよ。

「え？」

――南アルプスの、北岳っていう山。そこにある肩の小屋っていう山小屋を紹介する番組だったんだけど、若いスタッフの中にあの人がいたのよ。

「他人のそら似じゃないの？　北岳って、たしか日本で富士山に次いで二番目に高い山でしょ。そんなところにお父さんがいるわけないし」

――インタビューで名前を聞かれて、ちゃんと〝里村〟って応《こた》えてたから。

「マジ……？」

美紀は一瞬、声を失った。

――どうしようかと迷ったんだけど、いちおうあなたのお父さんだし、いっておこうと思って。

「いちおう、ね」

美紀は少し笑った。

――今になって思い出したんだけど、あの人って昔よく登山をやってた。

「昔ったって、私が生まれる前のことだし、たしか二十代から三十ぐらいのときでしょ。今は……六十五歳じゃないの」

――だから無理をしてるんじゃないかしらね。あの人、そんなところがあったから。

「なんだかんだいって、まだ心配なのね。お父さんのこと」

――ぜんぜん心配なんかしてないわ。ちょっとびっくりしたの。

美紀はフッとまた笑みを洩らした。母の拗《す》ねた顔が思い浮かんだ。

――美紀だって、大学時代は山登りをしてたでしょ。ワンダーフォーゲル部とかで。きっとお父さんに似たのよ。

「そんなの関係ないよ。たんに趣味で登ってただけ」

――そうかしらねえ。

ふたりして笑い合った。

それから少し雑談をし、通話を切った。

右手にスマホを握ったまま、しばしそのままでいた。

眼前の歩道をせわしなく行き来する人々をぼんやりと見つめながら、山小屋であくせくと働いている父の姿を想像してみた。

母がいったとおり、若い頃の父は登山をしていたというけれども、今はほぼメタボな体型だし、それが南アルプスの北岳なんて場所にいる……。

やっぱりあり得ない。きっと母の見間違いだ。

自分にいい聞かせてから、スマホをバッグにしまって歩き出した。広場を出たところで、唐突に思い出した。そういえば、最後に父と電話で話したとき、こういった記憶がある。

〝新しい仕事を見つけてみたら？〟

まさか、と思った。

歩道の端にたたずんだまま、しばし考えていた。

あのあと、父はどういう反応をしただろう。記憶をたどってみたが、思い出せない。

何気なく視線をめぐらせると、紀伊國屋書店の正面入口の中央、軒を支えるようにまっすぐ立つ大きな四角い柱にデジタルサイネージ（電子掲示板）があった。そこに〈秋の紅葉シーズン。南アルプスへゆこう！〉というキャッチコピーが表示され、山岳雑誌の広告が流れていた。

錦繡《きんしゅう》に彩られた美しい山々の写真が縦長の液晶画面に表示されている。

美紀はまるで憑《つ》かれたかのように、それをじっと見つめた。

＊

甲府駅からバスに乗り、夜叉神峠を通過し、渓流を見下ろす林道を広河原まで向かった。

停車場の傍にある野呂川広河原インフォメーションセンターという建物の一階フロアで、持参した登山届を出した。カウンターの中でウトウトと舟をこいで眠っていた中年男性がハッと目を覚まし、恥ずかしげに笑いながら受け取ってくれた。

麓《ふもと》はようやく紅葉が始まったばかりだが、上のほうはちょうど見頃で、今年はとても鮮やかできれいに色づいていると教えてもらう。それを聞いて美紀は嬉《うれ》しくなった。

野呂川の対岸から見上げる北岳は、まだ雪こそかぶっていないが、蒼茫《そうぼう》と霞《かす》み、青空に溶け込みそうにそびえている。あんな場所に父がいるのかと思うと、何だか奇異な気がしてならない。

でも、本当にいるのだろうか？

母からの連絡を受け、その日のうちに父に電話をしてみた。しかし、留守番電話が無機質な対応をしてきただけだった。携帯電話のほうにかけてみても、〝電波の届かない場所にいるか、電源が切られています〟とメッセージが聞こえるばかり。二度、三度と電話をしたが同じだった。そうして美紀は決心をした。

自分も北岳に登ってみよう、と。

長い吊橋《つりばし》を揺らしながら渡っていると、川面《かわも》から瀬音を運びながら吹き上げてきた風が冷たく、心地よかった。

橋の真ん中で立ち止まり、美紀は深呼吸をした。

こんなに深い自然の中に身を置いたのは、いったい何年ぶりだろうか。大学時代はワンダーフォーゲルの部員として、また山の趣味仲間同士でよくあちこちの山に登ったものだが、それからずいぶんと月日が経っていた。

父のことを聞いて、少し迷った。

山小屋にいるという父の姿は、なかなか想像もできなかった。しかし、それはやはり事実のように思えてきたし、そんなところで働いている父をちょっと見てみたいという気持ちが芽生えていた。

なにしろ自分自身、仕事のストレスが心を侵食し、メンタル疾患寸前だった。いったん職場と日常生活から離れた場所に行って、思い切り心を解放したかった。母がいうように、自分が山好きになったのは、もしかすると若い頃に登山をしていたという父の血を受け継いでいたせいかもしれない。親子はどうしても似てくるのだろうと考えたとき、ふっと腑《ふ》に落ちるものがあった。

まとまった休暇を取って、山に向かうことにした。

肩の小屋への予約電話を入れると、若い女性スタッフの声で応対された。西川という母の旧姓でも、うっかり者の父は気づかないだろうと思った。

眼下の渓流から目を戻し、危なく揺れる吊橋をまた渡り始めた。このまったき自然の中で美しい景色を目の当たりにし、やっぱり来て良かったと思った。

吊橋を渡りきると登山口である。そこから樹林帯の急登が始まり、最初はかなりバテた。ストックを持ってこなかったことを後悔したが、だんだんと体が山に慣れてきたようで、呼吸が少しずつ楽になっていく。

ミレーの四十リットルのザックも、お気に入りだったダナーの登山靴も大学時代以来だが、体型がほとんど変わっていないおかげでちゃんとフィットしている。万が一の積雪や氷結に備えて軽アイゼンも持ってきたが、この気温ならば必要なかったかもしれない。

夏山シーズンが終わっているため、すれ違う登山者は少なく、静かな秋の山を楽しみながらゆっくりと登り続けた。

やがて最初の山小屋――白根御池小屋に到達し、小屋前にあるテーブルの椅子のひとつに腰を下ろした。

相変わらず登山者の数は少なく、樹林の中にテントがふたつあり、隣のテーブルに年配の男女が向き合って座り、景色を楽しんでいるぐらいだ。

周囲に生えたダケカンバの黄色い葉が、ナナカマドらしい赤い葉と複雑に入り乱れて秋の紅葉を彩っている。それぞれいっせいに同じ方角に幹が反り返っているのは、冬場の雪の重みのためだろうか。

　首元の汗をタオルで拭《ふ》き、ペットボトルの茶を飲みながらそんな景色を見ていると、山小屋の扉が開く音がした。振り返ると、青いエプロンをかけた若い女性が出てきた。そのままゆっくり歩いてくると、トレイに載せて運んできたソフトクリームを隣のテーブルにいるふたりの男女に渡した。

「お待たせしました」と、笑顔を振りまく。

「ありがとう」

　男性が優しげに礼をいい、エプロンの女性があらためてお辞儀をした。頭を上げた彼女と目が合ったので、美紀も軽く会釈をした。女性が微笑み、いった。

「いいお天気で良かったですね」

「紅葉がとってもきれいで、来た甲斐《かい》がありました」と、美紀が応《こた》える。

「今日はこのまま上に登られますか？」

「はい。肩の小屋まで行く予定です。父が……そこで働いてるんです」

　女性が驚いた表情になった。

「もしかして、里村さんの？」

　今度は美紀が驚く番だった。「ええ。娘です」

　女性は天野遥香と名乗った。ここ白根御池小屋で働く常連スタッフだという。たまたま初めてこの山にやってきた里村乙彦と登山道の途中で出会い、声をかけたらしい。

美紀がいるテーブルの隣に座り、ふたりでしばらく会話を交わした。

「里村さん。ひどくお疲れのご様子で、そこの岩に座ってらっしゃったんです。それなのに肩の小屋まで登るって、しかもそこで働くっていわれてびっくりしました」

遥香からそんな話を聞いて美紀は笑った。

「定年退職のあとでいろいろあって、父はひどく気落ちしていたんです。新しい職を見つけたらどうかってアドバイスしたのは私なんですけど、まさか山小屋で働くなんて思ってもみませんでした。周りの足を引っ張ったり、迷惑をかけたりしてないかと心配で」

「ずいぶんと馴染《なじ》んでらっしゃるようですよ」

「そうなんですか」

「山小屋って、いやいや働いて長居できる場所じゃないんです。その人のいい部分も悪い部分もはっきり出るから」

ふと美紀は自分の職場を考えた。ストレスに押しつぶされそうになりながら、無理に明るい声を作り出し、電話の向こうの見知らぬ相手と社交辞令的に応対をする。そんな仕事に、果たして自分が馴染んでいるといえるだろうか。

無意識に暗い顔になっていたのかもしれない。隣の遥香がじっと見つめていた。

「やっぱり似てらっしゃいますね」

「え」

「そうやって、俯《うつむ》いてらっしゃるご様子が、お父様にそっくりです」

とたんに美紀は顔を赤くして、頬に掌《てのひら》を当ててしまった。

遥香が肩を持ち上げた。「ごめんなさい。失礼なこといっちゃいました」

彼女は椅子から立ち上がり、テーブルの上に置いていたトレイを持って頭を下げた。

「じゃ、私、仕事に戻りますね。お父様によろしくお伝えください」

踵《きびす》を返して去って行く彼女の後ろ姿を見送った美紀は、ペットボトルとマグカップをザックにしまい込み、それを背負った。

ストラップを装着すると、大きく深呼吸をし、それからまた歩き出した。


遥香との会話以来、ずっと父のことが頭にあった。

草すべりの急登を登りながら、この登山路を父がたどったのかと想像する。こんな険しいトレイルを汗水流して登りながら、いったい何を考えていたのだろうか。

ときおり足を止め、木の間越しに見える北岳の頂稜《ちょうりょう》を仰いだ。天を突く高峰を眺めながら思いをめぐらせた。

父との離婚を母に打ち明けられたとき、やはり複雑な気持ちだった。

もちろん母のストレスは理解できたが、父はけっして他人に危害を及ぼすような悪人ではなかった。むしろ絵に描いたような善人だったし、莫迦《ばか》正直で嘘のつけぬ人間だった。それまで浮気《うわき》ひとつしたわけでなく、もちろん家庭内暴力なんてものにも無縁だった。

ただひとつの悪癖が飲酒だった。会社の同僚と飲めば深夜に帰宅し、休日も欠かさず家で飲んでいた。もちろん羽目を外して狼藉《ろうぜき》を働くほど泥酔するなど、人が変わるほど飲み過ぎたことはない。それでも毎晩のように飲酒をしていたのは、それがゆいいつの楽しみだったのかもしれない。

父は毎日、ひたすら真面目に働き、あくせくと金を稼ぎ、娘の私を大学まで卒業させてくれた。一方で家庭を顧みなかったのはたしかだ。

たった一度きりの家族旅行は小学五年のとき、信州の白樺湖に行った。そこで美紀は父と手漕《こ》ぎボートに乗り、船縁《ふなべり》から落ちて溺《おぼ》れかけた。泳げない父はなすすべもなく、水面であがく美紀を見つめるばかりだった。貸しボートの係員に救助されなかったら、きっと自分は死んでいた。その怖さよりも、父の弱さを見てしまったことのほうが美紀にとっては衝撃的だった。

そんなあれやこれやがあって、母は不満をため込み、何度か父に鬱憤《うっぷん》をぶつけたらしい。しかし父には実感がなかったのだろう。けっして愚鈍ではなかったが、たしかに不器用な人だった。想像力が欠落していたのかもしれない。それが母の苛立《いらだ》ちとなり、心の重さとして蓄積していった結果、ついに父から離れることにしたようだ。

娘としては両親の離婚はできれば避けたかったが、母の決意を無下《むげ》に否定できなかった。

母は父と他人同士に戻れる。しかし、娘の美紀にとって肉親とは永遠のものだ。そして何よりも美紀は父が好きだった。

草すべりを登り切ってようやく小太郎尾根に出ると、周囲が豁然《かつぜん》と開けて雄大な景色が展開した。隣にそびえる仙丈ヶ岳や甲斐駒ヶ岳《かいこまがたけ》、中央アルプス、遙《はる》か彼方《かなた》の北アルプスまでが一望でき、背後を振り返ると、南に横たわる稜線《りょうせん》の向こう、てっぺんが冠雪した富士山がむっくりと頭を出している。

美紀は疲れ切っていたが、その眺望に目を奪われているうちに、いつしか疲労を忘れていた。久しぶりに山の清涼な空気の中で深呼吸をし、どこまでも広がる蒼穹《そうきゅう》を見上げているうちに、なぜかフッと涙があふれそうになった。


北岳肩の小屋は屹《き》り立った頂稜の手前、まさに山の肩にポツンと建っていた。想像していたよりもずっと立派な建物だった。

モッコが掛けられたドラム缶などの資材置き場の前を通り、〈北岳の肩〉と大きく書かれた看板の横を通って、山小屋の出入口に向かった。そのとき、正面の扉が開き、頭にタオルを巻き、エプロンをかけた父の乙彦が姿を現した。

あまりに唐突な再会であった。

父は小屋の前に立つ娘に気づきもせず、背を丸くして箒《ほうき》で出入口前をせわしなく掃き始めた。美紀は苦笑し、そんな姿を見ていたが、小さく吐息を投げてから声を掛けた。

「お父さん」

父の手が止まった。

何気なく顔を上げ、まっすぐ美紀を見つめた。その目が大きくなった。

二度ばかり瞬《まばた》きをしてから、ふいに眉根《まゆね》を寄せた。

「美紀……」

父の顔を見て、頷《うなず》いた。

「ごめん。アポなしでいきなり来ちゃった」

後ろ手にポーズを取り、小さく舌を出した。

＊

午後五時からの食事。客は十名で食堂の各テーブルはガラガラだった。

美紀はいちばん奥のテーブルに座り、父と向かい合って夕食を食べた。メインのおかずは肩ロースのポークソテーにトマトビーンズソース。本当は来期からのメニューだそうだが、今夜は特別に宿泊客たちに出されたらしい。

他の客たちが食事を終えてそれぞれの部屋に引き上げ、食堂のテーブルにふたりきりとなった。料理を食べ終えると、頭に青いバンダナを巻いたスタッフの女性がやってきて、皿や茶碗《ちゃわん》を下げていった。大下真理という名で、父にいろいろと教えてくれた先輩のひとりだという。

父が頭を下げると、「ごゆっくり」といいながら会釈をし、厨房《ちゅうぼう》に消えた。

一階いちばん奥の〈北岳草〉と札がかかった部屋が美紀の寝泊まりする場所だが、午後八時の消灯までまだ一時間近くあった。

「山小屋でこんなに美味《おい》しい料理が食べられるなんて思わなかった」

サービスで出してもらったコーラをコップで飲みながら、美紀がそういった。

「さっきの肩ロース。実は父さんのアイデアなんだ」

「ホント？」

父は嬉《うれ》しそうに頷いた。「前の職場でファミレスのマネージメントやってたとき、料理のメニューにいろいろアイデアを出したりしてたからね。そんな経験が役に立ったんだ」

「良かったね」

「四十年も勤めた仕事だったけど、今にして思えば無駄じゃなかった」

「お父さんのその恰好《かっこう》、とても似合ってるよ。いかにも山小屋スタッフって感じ」

「ありがとう。あれこれと泣き笑いの人生だったけど、やっと自分の居場所に流れ着いたって思ってる」

「スタッフのみなさん、優しくていいね。まるでお父さんとは親密な家族みたい」

父が小さく噴き出し、肩を揺すった。目尻《めじり》に皺《しわ》を寄せている。

「これでも苦労したんだよ。最初はずいぶん叱られ、鍛えられた。そんな中でいろいろと仕事を学んで、少しずつこなしては身につけてきた。まだまだビギナーだし覚えることがいっぱいあるけどな」

父は愉快そうに笑みをこぼした。「実は、ギターを習い始めた」

「え、ここで？」

「若い頃、ちょっとだけ囓《かじ》ってたんだけどね。先輩スタッフに上手な人がいて、ていねいに指導してもらってる。そのうちお前の前で弾けるようになるかもしれない」

「そう。素敵ね」

美紀は率直に疑問を口にした。「でも、どうして山小屋で働こうと思ったの？」

父はまた目を細めて笑う。

「とくに理由はないかな。思いつきみたいなものだ」

理由といえば、さっきからずっと訊《き》きたかった。父の前には茶の入った湯飲みが置いてあるきりだ。

「お酒……やめたのね」

「きっぱりやめた」

「もしかして医者に止められたとか？」

「自分で決めたんだ。四十何年も浴びるほど酒浸りになって、来世のぶんまで飲んだからだ。このままずっと飲まずにいられるか、とにかくやれるだけ頑張ってみる」

「やっぱりお父さん、ずいぶん変わったね。お母さんが見たらきっと驚く」

「かもな。父さんは弱い人間だったと思う。そんな弱さを紀代実だけじゃなく、小さな頃からお前にも悟られていた。それが恥ずかしくてたまらなかった」

「もしかして、あの……湖でのこと？」

父は黙って頷いた。まっすぐ美紀を見ていた。

「今でもよく夢に見る。お前が湖の底に沈んでいってしまうんだ」

美紀はハッと息を止め、父を見返した。ふいに涙があふれそうになり、懸命に堪《こら》えた。

「お父さんは泳げなかったし、無理に飛び込んだら、きっとお父さんまで溺れてたよ」

「お前を失うぐらいだったら、そのほうが良かった」

「だって――！」

思わず大声になり、美紀は気づいた。首を引っ込めて、そっと周囲を見た。それから、また父に目を戻し、小さくいった。「お父さんは逃げたわけじゃないんだから」

父は眉間《みけん》に深く皺を刻み、じっと美紀を見ている。

美紀も見返した。

「私、ちゃんとお父さんのこと、わかってるよ。お母さんだって、わかってた。だけど、お母さんはお父さんのこと以上に自分を許せなかったの。自分の不幸のすべてをお父さんにぶつけたことを今では後悔してるっていってた」

「そうか」

かすかに眉《まゆ》を震わせる父を見て、美紀がいった。

「それにお父さん。ちゃんとお酒をやめたじゃない。なかなかできることじゃないよ」

「金槌《かなづち》は相変わらず金槌のままだけどな」

それが冗談だと気づき、思わず噴き出した。

父も笑った。

美紀は真顔に戻り、いった。

「お母さんとまたいっしょになればいいのに」

ふっと父が寂しげな顔になった。

「いや。このままでいい。あいつだって、きっとそうだろう」

父は少し俯《うつむ》きがちで、言葉を選んでいるようだった。

「あの日、あいつが思い切って突き放してくれたおかげで、私は少し離れたところから自分を振り返って見ることができた。そうでなければ、いつまでも自分に甘え、家族に甘えてもっと迷惑を掛けていたかもしれない。そんな人生から抜け出せたのは、あいつのおかげだと思う。だから今では……紀代実にとても感謝している」

ふっと顔を上げ、美紀を見つめる父の目が、少し赤かった。

「それと、お前にもずっと礼をいいたかった」

父はいった。「私の背中を押してくれてありがとう」

だしぬけに胸の奥から熱いものがグッとこみ上げてきて、美紀は思わず奥歯を強く嚙《か》んだ。眉根を寄せ、目をしばたたいた。涙をこらえ、洟《はな》をすすった。

父がまた破顔した。

黙ってゆっくり右手を伸ばすと、すぼめた美紀の左肩にそっと掌《てのひら》を置いて、トントンと二度、優しく叩《たた》いてくれた。

終章

翌朝、午前十時過ぎ。

北岳肩の小屋の前で、里村乙彦と娘の美紀が足下にザックを置き、並んで立っている。

日差しがまばゆく、風は柔らかいが空気が凛《りん》として冷たい。

ふたりの前には管理人の小林和洋と、先代の雅之。スタッフの篠田や真理たちが集まって彼らと向き合っていた。

「いよいよ頂上だな」

雅之に声をかけられ、里村は美紀と顔を見合わせ、ふたりで恥ずかしげに笑う。

「はい。やっと決心がつきました。娘といっしょに登ってきます」

「今日はお客さんも少ないし、天気も最高にいいし、絶好の登山日和ですね」

和洋が嬉しそうにいった。

本当にそうだった。抜けるように青く澄み切った空がどこまで高く、北岳の頂稜《ちょうりょう》がそこに向かって突兀《とっこつ》とした岩稜を突き上げている。

「これ、頂上でごいっしょに食べてください」

真理が両手で差し出したタッパーの弁当と、四角い紙パック入りのオレンジジュースがそれぞれふたつ。

「ありがとうございます」

里村が礼をいって受け取り、ふたりでザックに入れた。

荷物を背負い、ストラップを締めた。

「じゃ、行ってきます」

里村が頭を下げ、美紀がならった。

「気をつけて」

和洋の声とともに、肩の小屋のスタッフたちが手を振った。

応《こた》えたふたりは彼らに背を向け、ゆっくりと歩き出した。


急登をたどって歩き、ようやく開けた場所に出る。

ここは両俣分岐と呼ばれ、立派な道標が立っている。もともと左俣沢《ひだりまたざわ》と呼ばれる渓流に沿って野呂川最上流部にある両俣小屋に下りるルートだったが、今は荒廃していて通行が止められている。

その道標の近くに中年の男女がふたり座り、タオルで汗を拭《ふ》いていた。

「こんにちは」

美紀が挨拶《あいさつ》すると、いっせいに振り向いた。

「これから頂上やな？」

女性のほうに訊かれて里村が頷《うなず》いた。「そうです」

「がんばりや。あとちょっとやから」

「今日は天気も良くて、最高の山日和や」と、隣の男性が微笑む。

夫婦連れに見えた。快活な関西弁が耳に心地よかった。

里村たちは会釈をし、ふたりに頭を下げて、また歩き出した。

荒々しい岩稜を這《は》うような登りが続いた。

てっきり頂上だとばかり思っていた岩山の高みが、近づいてみるとそうではなかった。その崖《がけ》の右側をトレイルは回り込むように延びて、いったんゆるやかな下りになった。

そこで里村と美紀は足を止めた。

少し先、丘が小高く盛り上がったような場所があり、登山者の姿が小さく見えている。

「あそこが頂上らしい。あわてずに行こう」

「うん」

ゴツゴツした岩場を踏みながら、ふたりはさらに歩く。最後の急登を息を荒くしながら登り、ようやくクリアすると、いきなり視界が開けてびっくりした。

目の前に大きな木製看板が立っていた。

〈南アルプス国立公園　北岳　3，193m〉

年季が入って文字がかすれていたが、そう読めた。看板の周囲に数名の登山者がいて、写真を撮り合ったり、座ってくつろいだりしている。

空には雲ひとつなく、見事なまでに晴れ渡っている。風もほぼなかった。

時間が止まっていると錯覚しそうな深い静寂が、ここにはあった。

背負っていたザックを下ろすと、周囲の景色を眺めた。前方には富士山が青く三角形の山容を突き上げている。背後には仙丈ヶ岳。隣に横たわる南アルプスの別尾根は、北の甲斐駒ヶ岳から南の鳳凰三山《ほうおうさんざん》までくっきりと見える。さらに中央アルプス、遥か彼方《かなた》に霞《かす》むのは北アルプスの峰々。

里村は薄い空気を目いっぱい吸って深呼吸をした。

この山に来て三カ月近く。ようやく山頂を踏んだ。思ったほどの高揚感はなかったが、頭上に広がる空のように心が澄み切っていた。北岳という山が、たしかに自分を受け入れてくれている。そんな気がした。

「ちょっと時間が早いけど、お弁当、食べようか？」

「そうね。実はお腹がペコペコだったの」

頂上の看板近くに厚みのある板が横たえられ、ベンチになっていたので、そこに親娘《おやこ》で並んで座った。膝《ひざ》の上で弁当を広げ、里村はそこに向かって手を合わせた。

「いただきます！」

大きな声に驚いた美紀が、父を見てから、同じくそっと手を合わせた。

「いただきます」

ふたりでゆっくりと昼食をとった。

おにぎり。卵焼き。ウインナー。カットしたブロッコリーにスライスしたキュウリ。スタッフの真理たちが調理し、ていねいに盛り付けてくれた特製弁当だった。美味《おい》しかった。もちろん疲れているせいもあるが、スタッフみんなで作ってくれた手作りの弁当は、たとえようもないほどのご馳走《ちそう》だった。

食事をしながら、彼方にそびえる富士山をふたりで眺めた。

肩の小屋からだって富士はよく見えたものだが、やはりこうして山頂から見るのは格別だった。何しろ日本で二番目に高い場所から、日本一の山を見ているのだ。

ゆっくりと視線を上げ、中天にかかる太陽を見上げた。柔らかな日差しだった。今が十月で、しかも自分たちが三一九三メートルの標高にいるとは思えなかった。

優しい日の光が、里村と美紀の上に降り注いでいた。肩が、背中が、そして心がほのかに温かく感じられた。

人生はめぐり合わせの連続。

ふと、雅之にいわれた言葉が心に浮かんだ。

めぐり合わせ――そうだった。里村はようやくその意味を理解し、今こそ実感できた。

人の一生にはたくさんの出逢《であ》いがあれば別れもある。そのすべてがめぐり合わせという運命に操られていた。

じっと目を閉じ、これまでのことを振り返った。

泣き笑いの日々だった。そのすべてのことに意味がある。それが自分をここに導いてくれた。喜びも悲しみも、幸せも不幸すらも、すべてが人のめぐり合わせ。そのことに対して深く感謝をしなければいけない。

瞼《まぶた》を開き、里村は静かにつぶやいた。

「やっと、ここまで来られたんだな……」

娘が振り返った。

「お父さん。泣いてる？」

里村は我に返り、あわてて眦《まなじり》の涙を手で拭《ぬぐ》った。

無理に作り笑いをする父を、美紀が見つめている。

そんな娘の目にも小さな涙がたまっていることに、里村は初めて気づいた。

※この作品は、南アルプス北岳「肩の小屋」の管理人、森本《もりもと》千尋《ちひろ》氏および森本茂《しげる》氏からとくに許可を得て山小屋の名称を使い、また物語の舞台としていますが、作中に登場する人物、出来事、事件などはすべて作者の想像上の産物です。

主な参考文献

『山小舎日記』宮崎拓・著　文芸社
『黒部源流山小屋暮らし』やまとけいこ・著　山と溪谷社
『黒部の風　わたしの山小屋物語』砂永純子・著　山と溪谷社
『山小屋ガールの癒されない日々』吉玉サキ・著　平凡社
『北岳山小屋物語』樋口明雄・著　山と溪谷社

解説

宇《う》田《だ》川《がわ》拓《たく》也《や》（書店員）

ひとにとっての山とは。山における、ひとの在り方とは。

樋口明雄《ひぐちあきお》は、いま誰よりもこのテーマをひたむきに追い続けている小説家だ。一冊二冊では伝え切れないほど、山には大いなる魅力がある。と同時に、ひとが関わり踏み込むことで生まれる、複雑で根深い問題もまた尽きないからだろう。樋口作品を振り返ると、初期の山岳ものでは、壮絶な死闘とサバイバルが繰り広げられる苛酷《かこく》なフィールドといった、冒険アクションの舞台として山は描かれていた。その後、『墓標の森』（二〇〇一年）、『約束の地』（二〇〇八年／第十二回大藪春彦《おおやぶはるひこ》賞受賞作）では、険しい自然と生きる山麓《さんろく》の暮らしの現実、そこに生まれる環境や社会的な問題が映し出されるようになる。そして『天空の犬』（二〇一二年）に至り、富士山に次ぐ日本第二位の高さを誇る名峰——北岳《きただけ》を舞台に、山梨県警が擁する山岳救助隊と、その相棒である救助犬の活躍を通じ（まだ実際には山岳救助犬の警察採用はないため架空の設定）、冒頭に挙げたテーマがより明確に打ち出されていく。以降、この山岳救助隊と救助犬の物語は〈南アルプス山岳救助隊K－9〉としてシリーズ化され、ヒューマンドラマ、動物小説、社会派サスペンス、警察小説、冒険アクションなど、型に囚われない豊富なエピソードが好評を博すとともに、著者のライフワークになりつつある。

本書『太陽を背にうけて』は、そんな〈K－9〉シリーズと同じく北岳が舞台の物語だ。しかしこちらの主人公――里村乙彦《さとむらおとひこ》は、遭難者を救助し、犯罪者に立ち向かうような勇敢な警察官ではない。大手ファミリーレストランの人材管理課で長く手腕を振るい、六十五歳で定年退職を迎えた、ごく一般的な前期高齢者である。少なくない退職金も手にし、仕事ひと筋の会社員生活に区切りを付け、これからは家族との穏やかな暮らしを――そう思い描いていたが、その老後のビジョンはあっさりと崩れ去る。大きな花束をもらい、万雷の拍手を受けて会社を後にし、帰宅した里村を待ち受けていたのは、妻からの離婚届。お金で困らせたことこそなかったものの、家族を顧みず、子育てにも目を向けず、家での会話もろくになかったいままでの行ないが、ブーメランとなって里村を痛烈に打ちのめすのだった。

妻が出て行き、ひとりになった里村は自暴自棄になり、酒に溺《おぼ》れていく。会社の健診でも毎回肝臓の数値の悪さを指摘されるほどの酒好きで、ほぼアルコール依存症といった有様。つらさと後悔に苛《さいな》まれ、それをまぎらわせるためにまた酒を飲み、このままどこまでも堕ちていくかに思われた。そこへ娘の美紀《みき》からひさしぶりに電話が掛かってきて、こう告げられる。「ねえ、お父さん。新しい仕事を見つけてみたら?」

こうして職探しを始めた里村は、山に夢中だった若き日の登山部時代などを思い返し、山小屋のアルバイトに狙いを定めるとともに、身の周りの酒を一切処分して断酒に踏み切る。そして紆余曲折《うよきょくせつ》を経て、北岳でもっとも高い場所にある山小屋——北岳肩の小屋で働くことになるのだが……。

本作は端的にいうなら、もう後がないひとりの男の覚悟と再生に焦点を当てた物語である。じつにシンプルな話の筋ではあるが、単に里村ひとりを追うのではなく、各話で視点人物が変わる構成が採られている。特異な環境に飛び込んだ人間の奮起と挫折《ざせつ》と変化とあわせ、里村という訳ありで異質な人物が加わったことによる山小屋の運営に携わるひとびとへの影響と内面の変化、里村だけが拭《ぬぐ》うことのできない負い目や苦い過去を抱えて悩み、いまを生きているわけではないことが、ページをめくるごとに胸に深く染み入ってくる。シンプルなれど雄弁である本作の洗練された美点は、この構成によるところが大きい。読者のなかにも、自身の犯した過ちや古い傷、そこに関わったひとをつい思い出してしまう方がいるのではないだろうか。

ところで、じつは本作を読みながら、ひとつの疑問が浮かんだ。「主な参考文献」にも挙げられているが、樋口明雄には北岳周辺に建つ五つの山小屋の管理人やスタッフに取材を重ねてまとめた『北岳山小屋物語』（二〇二〇年→追加取材を加えて二〇二三年文庫化）という優れたルポルタージュがすでにある。北岳肩の小屋もそこで取り上げられており、山小屋の現実や知られざる内情を描き出すなら、それはもう見事に果たされている。ルポと小説はまったくの別物ではあるが、それでも山小屋で働くひとびとをあえて小説として、このような形で表現しようとした理由には何があるのか。

その疑問は最後まで読み通して、氷解した。ポイントは、作中で北岳肩の小屋の現在の管理人である小林和洋《こばやしかずひろ》の父にして、先代の管理人として登場する小林雅之《まさゆき》が印象的に口にする「めぐり合わせ」というキーワードだ。山から遠く離れた人生を送ってきた里村のような人間が山小屋で働くことになるまでの運命的な展開。そのめぐり合わせの神秘的な力が、山小屋のひとびとに与える様々な作用。そして山小屋に身を置くことで人生観を改めるほどの大きな気付きを得た人間が感じ、その心の内に湧き上がるもの。それらを読み手が実感として受け止められるよう丁寧に紡ぎ、美しいまでに清々《すがすが》しく仕上げた、これはつまり小説家による真摯《しんし》な挑戦なのだ。

加えて、少々偏った見方かもしれないが、インタビューを繰り返して本にまとめるほど魅力的な「山小屋」という特別な場、そこに融《と》け込んでいくひとを疑似体験するような気持ちもあったのかもしれない。というのも、酒浸りの生活に区切りを付け、断酒の道を選んだ里村の人物造形に、樋口明雄自身の断酒経験が反映されていることは間違いない。年齢もほぼ変わらないため、斯様《かよう》に著者のパーソナルな部分が重なるキャラを物語の中心に据えたことを思うと、それほど的を外してもいないのではないか。ちなみに、本書発売に先駆け、二〇二四年十二月に『のんではいけない　酒浸り作家はどうして断酒できたのか？』（山と溪谷社刊）が発売されている。単に断酒の苦労を綴《つづ》った内容とは一線を画すエッセイとのことで、前述の『北岳山小屋物語』との併読をオススメしたい。

さらにちなむと、第一話の冒頭で息も絶え絶えに北岳を登る里村を見かねて声を掛け、微笑みの女神のごとく登場する白根御池小屋のスタッフ――天野《あまの》遥香《はるか》をはじめ、〈K－9〉シリーズのキャラクターたちも複数顔を覗《のぞ》かせるので、シリーズ未読の方は本作を入口に読み進めてみるのもいいだろう。

最後に『太陽を背にうけて』というタイトルについて。カントリー・フォークのスーパースター――ジョン・デンバーにとって初の全米チャート一位となった往年の名曲「Sunshine On My Shoulders」の邦題から採られている。読了後、ぜひ映画のエンドロールのように流し、耳を傾けてみていただきたい。その歌詞に重なって、樋口明雄のこんな声が聞こえてくるようだ。きみに寄り添う物語があるとしたら、こんな小説を紡いで届けてあげたい。

本書は書き下ろしです。

太陽《たいよう》を背《せ》にうけて

樋口《ひぐち》明雄《あきお》

令和7年 1月25日　初版発行

発行者●山下直久

発行●株式会社KADOKAWA
〒102-8177　東京都千代田区富士見2-13-3
電話　0570-002-301（ナビダイヤル）

角川文庫 24494

印刷所●株式会社暁印刷
製本所●本間製本株式会社

表紙画●和田三造

ISBN 978-4-04-115606-3　C0193

◇◇◇

角川文庫発刊に際して

角川源義

第二次世界大戦の敗北は、軍事力の敗北であった以上に、私たちの若い文化力の敗退であった。私たちの文化が戦争に対して如何に無力であり、単なるあだ花に過ぎなかったかを、私たちは身を以て体験し痛感した。西洋近代文化の摂取にとって、明治以後八十年の歳月は決して短かすぎたとは言えない。にもかかわらず、近代文化の伝統を確立し、自由な批判と柔軟な良識に富む文化層として自らを形成することに私たちは失敗して来た。そしてこれは、各層への文化の普及滲透を任務とする出版人の責任でもあった。

一九四五年以来、私たちは再び振出しに戻り、第一歩から踏み出すことを余儀なくされた。これは大きな不幸ではあるが、反面、これまでの混沌・未熟・歪曲の中にあった我が国の文化に秩序と確たる基礎を齎らすためには絶好の機会でもある。角川書店は、このような祖国の文化的危機にあたり、微力をも顧みず再建の礎石たるべき抱負と決意とをもって出発したが、ここに創立以来の念願を果すべく角川文庫を発刊する。これまで刊行されたあらゆる全集叢書文庫類の長所と短所とを検討し、古今東西の不朽の典籍を、良心的編集のもとに、廉価に、そして書架にふさわしい美本として、多くのひとびとに提供しようとする。しかし私たちは徒らに百科全書的な知識のジレッタントを作ることを目的とせず、あくまで祖国の文化に秩序と再建への道を示し、この文庫を角川書店の栄ある事業として、今後永久に継続発展せしめ、学芸と教養との殿堂として大成せんことを期したい。多くの読書子の愛情ある忠言と支持とによって、この希望と抱負とを完遂せしめられんことを願う。

一九四九年五月三日

角川文庫ベストセラー

ジャングルの儀式 新装版　大沢在昌

ハワイから日本へ来た青年・桐生傀の目的は一つ、父を殺した花木達治への復讐。赤いジャガーを操る美女に導かれ花木を見つけた傀は、権力に守られた真の敵を知り、戦いという名のジャングルに身を投じる！

夏からの長い旅 新装版　大沢在昌

充実した仕事、付き合いたての恋人・久邇子との甘い逢瀬……工業デザイナー・木島の平和な日々は、放火事件を皮切りに、何者かによって壊され始めた。一体誰が、なぜ？　全ての鍵は、1枚の写真にあった。

ニッポン泥棒 (上)(下)　大沢在昌

失業して妻にも去られた64歳の尾津。ある日訪れた見知らぬ青年から、自分が恐るべき機能を秘めた未来予測ソフトウェアの解錠鍵だと告げられる。陰謀に巻き込まれた尾津は交渉術を駆使して対抗するが――。

魔物 (上)(下) 新装版　大沢在昌

麻薬取締官の大塚はロシアマフィアの取引の現場をおさえるが、運び屋のロシア人は重傷を負いながらも警官2名を素手で殺害、逃走する。あり得ない現実に戸惑う大塚。やがてその力の源泉を突き止めるが――。

悪夢狩り 新装版　大沢在昌

試作段階の生物兵器が過激派環境保護団体に奪取され、その一部がドラッグとして日本の若者に渡ってしまった。フリーの軍事顧問・牧原は、秘密裏に事態を収拾するべく当局に依頼され、調査を開始する。

角川文庫ベストセラー

犯罪者 (上)(下)　太田愛

白昼の駅前広場で4人が殺害される通り魔事件が発生。犯人は逮捕されたが、ひとり助かった青年・修司は再び襲撃を受ける。修司は刑事の相馬、その友人・鑓水と3人で、暗殺者に追われながら事件の真相を追う。

幻夏　太田愛

少女失踪事件を捜査する刑事・相馬は現場で奇妙な印を発見した。それは23年前の夏、忽然と消えた親友の少年が残した印と同じだった。印の意味は？　やがて相馬の前に司法が犯した恐るべき罪が浮上してくる。

天上の葦《あし》 (上)(下)　太田愛

渋谷の交差点で空の一点を指さして老人が絶命した。同日に公安警察の山波が失踪。老人の調査を依頼された興信所の鑓水と修司、停職中の刑事・相馬の3人は、老人と山波がある施設で会っていたことを知る。

緑の家の女　逢坂剛

ある女の調査を頼まれた岡坂神策。周辺を探っている最中、女の部屋で不可解な転落事故が！　逢坂剛の大人のサスペンス。「岡坂神策」シリーズ短編集（『ハポン追跡』）が改題され、装い新たに登場！

宝を探す女　逢坂剛

岡坂神策は、ある晩ひったくりにあった女を助けるが、なぜかその女から幕末埋蔵金探しを持ちかけられる（表題作）。「岡坂神策」シリーズから、5編のサスペンス！『カプグラの悪夢』改題。

角川文庫ベストセラー

鳥影　北方謙三

妻の死。息子との再会。男はN市で起きた土地抗争に首を突っ込んでいき喪失してしまったなにかを取り戻そうとする……静寂の底に眠る熱き魂が、再び鬨の声を上げる！〝ブラディ・ドール〟シリーズ第八弾。

聖域　北方謙三

高校教師の西尾は、突然退学した生徒を探しにその街にやって来た。教え子は暴力団に川中を殺すための鉄砲玉として雇われていた……激しく、熱い夏！〝ブラディ・ドール〟シリーズ第九弾。

ふたたびの、荒野　北方謙三

ケンタッキー・バーボンで喉を灼く。だが、心のひりつきまでは消しはしない。張り裂かれるような想いを胸に、川中良一の最後の闘いが始まる。〝ブラディ・ドール〟シリーズ、ついに完結！

疫病神　黒川博行

建設コンサルタントの二宮は産業廃棄物処理場をめぐるトラブルに巻き込まれる。巨額の利権が絡んだ局面で共闘することになったのは、桑原というヤクザだった。金に群がる悪党たちとの駆け引きの行方は――。

螻蛄　黒川博行

信者500万人を擁する宗教団体のスキャンダルに金の匂いを嗅ぎつけた、建設コンサルタントの二宮とヤクザの桑原。金満坊主の宝物を狙った、悪徳刑事や極道との騙し合いの行方は⁉「疫病神」シリーズ‼

角川文庫ベストセラー

繚乱　黒川博行

大阪府警を追われたかつてのマル暴担コンビ、堀内と伊達。競売専門の不動産会社で働く伊達は、調査中の敷地900坪の巨大パチンコ店に金の匂いを嗅ぎつけると、堀内を誘って一攫千金の大勝負を仕掛けるが⁉

燻《くすぶ》り　黒川博行

あかん、役者がちがう——。パチンコ店を強請る2人組、拳銃を運ぶチンピラ、仮釈放中にも盗みに手を染める小悪党。関西を舞台に、一攫千金を狙っては燻り続ける男たちを描いた、出色の犯罪小説集。

破門　黒川博行

映画製作への出資金を持ち逃げされたヤクザの桑原と建設コンサルタントの二宮。失踪したプロデューサーを追い、桑原は本家筋の構成員を病院送りにしてしまう。組同士の込みあいをふたりは切り抜けられるのか。

暗闇のセレナーデ　黒川博行

有名彫刻家に嫁いだ姉の家を訪ねた美大生の美和と親友の冴子。2人はガスの充満したアトリエで瀕死の姉を発見する。なんとか外に運び出すも、アトリエはなぜか密室状態となり——。驚愕の本格美術ミステリ。

熱波　今野　敏

内閣情報調査室の磯貝竜一は、米軍基地の全面撤去を前提にした都市計画が進む沖縄を訪れた。だがある日、磯貝は台湾マフィアに拉致されそうになる。政府と米軍をも巻き込む事態の行く末は？　長篇小説。

角川文庫ベストセラー

鬼龍
今野　敏

鬼道衆の末裔として、秘密裏に依頼された「亡者祓い」を請け負う鬼龍浩一。企業で起きた不可解な事件の解決に乗り出すが……恐るべき敵の正体は？　長篇エンターテインメント。

豹変
鬼龍光一シリーズ

今野　敏

世田谷の中学校で、3年生の佐田が同級生の石村を刺す事件が起きた。だが、取り調べで佐田は何かに取り憑かれたような言動をして警察署から忽然と消えてしまった——。異色コンビが活躍する長篇警察小説。

殺人ライセンス
今野　敏

高校生が遭遇したオンラインゲーム「殺人ライセンス」。ゲームと同様の事件が現実でも起こった。被害者の名前も同じであり、高校生のキュウは、同級生の父で探偵の男とともに、事件を調べはじめる——。

呪護
今野　敏

私立高校で生徒が教師を刺した。加害少年は被害者と女子生徒との淫らな行為を目撃したというが、捜査を始めた富野はやがて供述の食い違いに気付く。お祓い師の鬼龍光一との再会により、事件は急展開を迎える！

ライオン・ブルー
呉　勝浩

田舎町の交番に異動した耀司は、失踪した同期・長原の行方を探っていく。やがて町のゴミ屋敷から出火し、家主・毛利の遺体が見つかる。耀司は長原が失踪直前に毛利宅に巡回していたことを摑むが……。

角川文庫ベストセラー

ユニット　佐々木譲

17歳の少年に妻子を殺害された真鍋と、夫の暴力に苦しみ家を出た祐子。同じ職場で出会った2人は交流を重ねるが、ある日真鍋は犯人が出所したことを知る。祐子にも夫の魔の手が迫り……。長編サスペンス。

天国の扉　ノッキング・オン・ヘヴンズ・ドア　沢木冬吾

抜刀術・名雲草信流を悲劇が襲った。妹の死。父の失踪。恋人との別離。死刑執行を強要する脅迫殺人の裏に隠された真相は？　愛する者との絆の在り処を問う、感動のハードボイルド・ミステリー！

ライオンの冬　沢木冬吾

伊沢吾郎、82歳。旧日本陸軍狙撃手。現在は軍人恩給で暮らしながら、狩猟解禁期間には猟をし、静かに暮らしていたが、ある少年の失踪事件をきっかけに再び立ち上がることを決心する……。

約束の森　沢木冬吾

妻を亡くした元刑事の奥野は、かつての上司から指示を受け北の僻地にあるモウテルの管理人を務めることになる。やがて明らかになる謎の組織の存在。一度は死んだ男が、愛犬マクナイトと共に再び立ち上がる。

GEQ　大地震　柴田哲孝

1995年1月17日、兵庫県一帯を襲った阪神淡路大震災。死者6347名を出したこの未曾有の大地震には、数々の不審な点があった……『下山事件』『TENGU』の著者が大震災の謎に挑む長編ミステリー。

角川文庫ベストセラー

国境の雪　柴田哲孝

北朝鮮の国家機密と共に脱北した女・崔純子。彼女を国境へと導く日本人工作員・蛟竜。中国全土を逃亡する2人の行方を各国の諜報機関が追う。日本を目指す壮絶な逃亡劇の果てに2人を待ち受けるものは……。

WOLF　ウルフ　柴田哲孝

狼伝説の残る奥秩父・両神山で次々と起こる不可解な事件。ノンフィクション作家の有賀雄二郎は息子の雄輝と共に奥山に分け入るが、そこには驚愕の真相が待ち受けていた……興奮のネイチャー・ミステリ！

黒い紙　堂場瞬一

大手総合商社に届いた、謎の脅迫状。犯人の要求は現金10億円。巨大企業の命運はたった1枚の紙に委ねられた。警察小説の旗手が放つ、企業謀略ミステリ！

十字の記憶　堂場瞬一

新聞社の支局長として20年ぶりに地元に戻ってきた記者の福良孝嗣は、着任早々、殺人事件を取材することになる。だが、その事件は福良の同級生2人との辛い過去をあぶり出すことになる――。

約束の河　堂場瞬一

幼馴染で作家となった今川が謎の死を遂げた。法律事務所所長の北見貴秋は、薬物による記憶障害に苦しみながら、真相を確かめようとする。一方、刑事の藤代は、親友の息子である北見の動向を探っていた――。